HERBJØRG WASSMO

HUSET MED DEN BLINDA GLASVERANDAN

W9-CIP-164

HERBJØRG WASSMO

HUSET
MED DEN BLINDA
GLASVERANDAN

Översättning av Staffan Söderblom

NORSTEDTS

ISBN 91-1-871681-4
© Herbjørg Wassmo 1981
Norstedts Förlag, Stockholm
Tryckt i Norge hos
Aktietrykkeriet i Trondhjem
Trondheim 1990
5:e tryckningen

1

Hon visste inte när hon först blev klar över den: Farligheten. Det var långt efter att hon flyttat in i spiskammaren bakom köket, för att mor tyckte hon skulle ha ett litet rum för sig själv. Det var långt efter att hon började vakna om nätterna av de höga rösterna från vardagsrummet där Henrik och mor sov. Hon vaknade om natten och kände sig svettig. Som om hon skulle till att bli febersjuk. Och hon ville ropa på mor, känna henne intill sig. Men hon fick inte fram ett ljud. Det var omöjligt och främmande alltsamman, och mörkret var otryggt. Det hände oftare och oftare. Helst när mor hade kvällsskift på fryseriet och inte kom hem förrän sent.

Så måste hon göra sig helt vaken, fast hon inte ville. Sätta sig rak i sängen och vara som ett tomt skal. Det kändes som om huvudet svällt upp och höll det tomma skalet svävande i rummet. Öronen var som dörrarna på båthuset hos Almar i Hestvika: Fördärvade i gångjärnen så ovädren susade och slet i dem.

Hon hade varit uppe på Hesthammeren en gång. Ända uppe på krönet. Där fanns ingenting annat än sten och ljung. Henrik hade gripit henne i axeln och föst henne ända ut på kanten. Det tvära stupet vältrade ner i havet och hade ett otäckt fall av sten och klippblock däremellan. Medan de stod där hade det börjat susa så i huvudet på henne. Hon kunde inte röra sig. Mors röst var rädd när hon bad Henrik komma tillbaka. Tora kunde inte minnas orden.

Det var då hon förstått att Henrik var starkast. För han skrattade.

Och det rullade våg efter våg nere i rasbranten varje gång han hämtade andan för att skicka en ny skrattsalva ner i djupet.

Ungarna i skolan skrek efter henne ibland att det kändes på lukten var mor hennes arbetade.

Men det luktade fisk om de flesta, tyckte Tora. Hon brydde sig inte särskilt om dem. Bara de inte tog i henne.

Händer. Händer som kom i mörkret. Det var farligheten. Stora hårda händer som krafsade och klämde. Efteråt hann hon knappt komma på dass innan det var för sent. Ibland visste hon inte om hon tordes kissa i köket där hinken stod.

Då hoppade hon hellre i stövlarna och drog kappan över nattlinnet och sprang ut på gården, vare sig det var sommar eller vinter. På gården var det öppet och tryggt, och det var hasp på dassdörren. Hon kunde bli sittande länge därnere. Ibland ända tills hon var stelfrusen eller hörde mors steg på grusvägen.

Henrik hade nästan jämt gått ut de kvällarna mor gick till filéfabriken.

Tora vaknade när det tog i dörren och en av dem kom. Mor hade trötta, men lätta steg. Hon tog varsamt i dörren, som om hon var rädd att den skulle falla sönder. Henrik märkte varken dörrkarm eller dörr. Han hade inga steg, han släpade sig in. Men Henrik hade andra steg inomhus om han ville. Steg som nästan inte hördes. Ljudlösa, men fulla av grova andetag.

Ingrid började tvärt en dag fråga ut Tora. Frågade hur dags Henrik kom hem. Hurdan han var. Tora kände den äckliga lukten av nejlikor och blev våt i handflatorna.

Sedan började hon stiga upp och hjälpa honom i säng när

han kom hem, så mor inte skulle hitta honom på soffan i köket. Det luktade fränt om honom, och ibland var han alldeles för tung. Men han rörde henne aldrig medan hon hjälpte honom. Torkade sig bara under näsan med handloven. Han såg inte ens på Tora, stirrade bara kisande ut i det mörka rummet.

Så blev det tyst och ordentligt tills mor kom hem.

En kväll gick det ändå galet.

Henrik hade inte tänt lyset när han kom vid elvatiden. I mörkret hade han famlat över disken som låg till tork på köksbänken. Glas och koppar krossades mot bänken och golvet.

Tora vaknade då skredet satte igång. Hon hörde honom stupa omkull därinne och att han svor. Hon vågade inte gå ut genast. Hjärtat hängde liksom utanpå kroppen. Hon behövde lite tid att få det innanför igen.

Men så ropade han hest och rosslande, och Tora blev rädd att Elisif skulle komma ner från loftet och upptäcka hela det syndiga rummet. Då skulle mamma dö av skam.

Hon kände de fina små glasskärvorna gnaga sig in i ena fotbladet när hon gick ut i köket. Hon måste ända bort till gångdörren för att hitta strömbrytaren.

Han satt mitt på golvet och grät.

En främmande varelse med Henriks kropp.

Tora hittade borste och skyffel och sopade ett slags väg bort till vasken. Hon kunde se blodfläckarna efter sina fötter när hon gick tillbaka. Det grälla ljuset från taklampan kastade ett ensamt sken över den eländiga varelsen på golvet. Hon undvek att tänka på det, hämtade bara en köksstol med ryggstöd och fick honom upp på den.

Den fördärvade axeln hängde värre än vanligt. Det såg ut som om någon hade packat kavajärmen med ull, och inte

7

varit tillräckligt noggrann. Den förkrympta armen höll han tätt intill kroppen, som en skatt som måste försvaras mot stötar och faror. Han blödde från den friska handen, men det brydde han sig inte om.

Gråten hade tystnat, huvudet fallit ner mot bröstet. Det var som om han inte såg henne.

Hon tvättade av honom blodet som rann friskt från skallen också. Det lyste rött i ett gapande hack över högra ögonbrynet. Strilet från kranen och resterna av hans grovröstade gråt var det enda som hördes.

Då öppnades dörren till gången, och Ingrid stod där. Ögonen var två mörka råkar i en gråvit fjordis.

Det var som om Tora skrumpnade ihop under blicken.

Hela rummet gungade lätt.

Hon begrep att mamma *såg* dem: Henrik och henne. Hon såg sig själv och Henrik lösas upp inför mors ögon. Som sprängda såpbubblor ut genom köksfönstret. I stort fall, viktlöst och utan värde.

Mamma var Gud som såg dem. Mamma var prästen eller lärarinnan. Mamma var mamma – som SÅG! Tora var skyldig. Hon var inne i Henriks bild, hon var infångad i Henriks styrka. Hon var förtappad.

Ingrid satte sig på den gamla kökspallen som alltid knirkade. Det skar genom märg och ben.

Då steg Tora utur sin egen kropp och vilja, släpade Henrik upp från stolen och stod ett ögonblick och svajade lätt ihop med honom. Hon gav honom ett bestämt ryck och stapplade mödosamt på fyra ben, flyttade honom sakta in i vardagsrummet.

Ingrid satt kvar när hon kom ut igen. Hon hade vänt blicken mot golvet, och det var nästan värre än att ha den på sig, tyckte Tora.

– Så detta är vad som sker när en annan stackare är på arbete?

Rösten kom oväntat och främmande nerifrån kappkragen.

– Det är bara i kväll, svarade Tora.

Hon var så fruktansvärt glad att mor talade. Men Ingrid sa ingenting mera. Hon hängde av sig kläderna på gångväggen och stängde dörren varsamt efter sig som hon brukade.

Men hon rörde inte kaffet som Tora hällt på termosen åt henne, och hon ägnade inte smörgåsarna på fatet en blick. Hon skakade på huvudet när Tora ville sopa golvet rent, nickade bara stumt mot kammardörren.

Då först kände Tora att det grät inne i henne. Ihåligt och ont som en söndersliten önskan.

Hon slank in i kammaren, tog en halvsmutsig socka på den uppskurna foten så hon inte skulle grisa ner sängkläderna med blod, så kröp hon långt in i sig själv under täcket. Darrande strök hon över sig med fuktiga, kalla händer. Det var så underligt stilla den natten. Som ett ont varsel. Så var hon ensam på jorden. Bara Tora – som fanns.

Lukt av mörk natt, damm och säng. Det var som att komma in och få köttsoppa efter en lång dag ute i regnet. Sömnen ville inte komma och det värkte lite grand i foten. Hon kände att det satt en liten skärva kvar.

Långt frampå morgonen kom äntligen värmen krypande in över henne med rinnande vått ansikte mot det blå ljuset. Inne i huvudet rasslade det och susade – som av den stora gula aspen i prästens trädgård nere vid hamnen.

2

Tora mindes hur hon en gång klättrade upp på en pall och rörde vid en svart knapp vid dörrkarmen. En otålig röst hade sagt:

– Nej, du måste vrida. Du måste vrida – så här!

Rösten var djup och hård och gjorde allt omkring henne så underligt öde, gjorde hela världen död. Den stora näven grep hårt om hennes hand. Det gjorde ont i fingrarna när den vred så både handen och strömbrytaren måste lyda.

Sedan svämmade det skarpa ljuset ut i rummet. Fyllde alla vrår, gjorde ont bakom ögonen, smärtade så det susade inne i huvudet. Det påminde om de gånger hon tryckt de riktigt stora snäckorna till örat för att höra havsbruset från sagan, som mormor lärt henne innan hon dog. Det fanns bara ett visslande läte därinne, ett klagande, ont ljud som inte ville släppa henne fram till det hon sökte. Sagan blev så långt borta bakom ljudet och havsvågorna.

Så var det med ljuset som strömbrytaren och den stora näven härskade över. Det blev aldrig varmt och nära som ljuset från paraffinlampan på kakburken högt uppe på bordet. Tora visste inte ifall hon var vän med ljuset från glödlampan i taket efter den gången med strömbrytaren, eller om hon bara godtog det för att det var nödvändigt för många saker. Mor packade undan paraffinlampan.

Ljuset! Hon kände det mot ögonlocken om våren när snön ännu låg kvar. Det gnistrade och pep. Och hon tyckte ännu hon stod på pallen med den veka handen mot knappen, utan att veta att man måste bruka all sin kraft om man var liten och ändå ville skaffa ljus. Annars kom den stora näven och tog allt ifrån henne. Gjorde det främmande och ont som solskenet i april, när man legat inne en hel vecka med feber och plötsligt skulle vara frisk nog att gå ut.

När de urgamla rönnbärsträden utanför köksfönstret var röda, och det hängde bär på dem så man kunde sticka ut handen genom fönstret och ta sig en klase, då var det köttsoppetid. I alla år hon kunde minnas låg det en zinkbalja uppochner på skåpet i gången. Den hämtade mor potatis och grönsaker i. Hon gick med avklippta stövelskaft nedför alla trappstegen, ut genom ytterdörren och bakom huset där stigen ledde till fiskhässjorna och det gemensamma trädgårdslandet.

Några gånger fick Tora vara med. Hon såg hackan mellan mors ben. Den stack ut och var på något underligt vis en del av mor. Skaftet härjade med kjolfållen och grävde sin järnnäsa ner i jorden därframme. Ibland träffade den en potatis i misshugg och klöv den itu. Då suckade det i potatisen och hackan stannade ett ögonblick som om den ångrade sig. Och mor sa: – Usch, har du sett på maken! Så grävde hon vidare.

Smaken av morötterna, när tänderna malt sönder dem och de låg i munhålan som en sötaktig, grov välling, var liksom bara Toras.

Hon gnagde på potatisar också. Med skal och sand på. Då måtte hon säkert varit fasligt liten och dum. Men hon kunde tydligt minnas det.

Soppgrytan på bordet. Fettet som flöt runt i ringar och bubblor. Färgerna var fina.

Hon tyckte bäst om att *se* på de kokta grönsakerna, för de smakade illa. Den djupa rösten tvingade ändå i henne så och så många bitar kokt morot och minst en skiva kokt kål. Potatisen gick an, den var hon van vid.

Köttet gick också an, men det var äckligt att se på när det var kokt. Och det var segt i munnen. Det vrängde sig liksom framför ögonen och förstörde allt. Men innan det kom upp i grytan var det brunrött med hinnor i alla regnbågens färger. Tora visste inte någonting som hade så vacker rödfärg som det råa köttet på skärbrädan.

Ibland var det blod på. Mor skar långsamt och i lagom bitar. Och färgerna skiftade med skuggorna och rörelserna hon gjorde med handen.

Det blänkte alltid så fint och farligt i kniven medan hon skar.

Så var det över, och mor tog hela skärbrädan bort till spisen och föste ner köttbitarna i grytan med små snabba rörelser. Det var slut.

Tora visste att köttbitarna skulle bli grå och flådda och ingenting att se på.

Morötterna, kålen och kålrabbin däremot, skulle glöda nere i köttspadet och hålla kvar varandras färger, så det blev en fin släktskap av det.

Hon hade lov att sitta en liten stund och bara se och lukta medan hon väntade på att soppan skulle bli lagom kall. Så skulle rösten befalla henne att äta upp maten, och hon skulle låta det förhatliga kålbladet segla förbi sked efter sked innan hon äntligen fick det i sig.

Tobias sjöbod hade alltid funnits där, visste Tora. Den var gammal och kall med säcktrasor i fönsterhålet och skev dörr som jämrade sig gruvligt när man kom och gick. Den användes inte till annat än att lagra lådor och skräp i, eller för att mötas till kortspel en lördag om det var hyggligt varmt i luften och man var karlfolk.

Boden var en låg och lite enslig timmerstuga och hade

inga branta trappor som hyrrummen på fiskebruken. Det var enkelt att komma in, och lätt att tumla ut.

En gång för länge sedan hade Henrik tagit henne med till Tobias sjöbod för mor måste skura för betalning hos någon. Det var långt innan Tora kunde sköta sig själv och mor började på fryseriet.

Henrik hade suttit med sitt glas och berättat historier. Svetten hade sipprat över pannan som den brukade när han hade glas och historier för sig.

Han hade varit ute i världen, Henrik – där det *hände* något. När han berättade om den tiden, var det som om han glömde den skevklämda axeln han vanligen försökte dölja under tröjan.

De andra karlarna satt med skrevande ben och överkroppen tungt över bordet. Henrik satt alltid framåtlutad med den fördärvade axeln hängande, som var han en vingskjuten skarv.

Men han kunde berätta.

Ibland var det som om han hämtat kraft ur de förväntansfulla ansiktena kring sig, så han fick axeln upphissad och stöttad mot den kraftlösa armbågen ett ögonblick.

Det underliga och skrämmande med Henriks överkropp var ändå inte den fördärvade skuldran. Det var den friska!

Den vältrade sig väldig under kläderna. Näven och armen var en enda bunt av trotsiga muskler i rastlös rörelse. Men på vänstra sidan hängde axeln och armen underutvecklade och passiva och var ett hån mot Henriks hela väsen.

Den gången i Tobias sjöbod hade röken från piporna och rulltobaken legat tät kring paraffinlyktan, som susade däruppe mellan bjälkarna som ett retat, sömnigt djur. Glödtråden glimmade ondsint inne i glaset och slog blixtar i den blanka metallhaken.

13

Tora hade känt att hon ville på dass och drog i Henrik för att säga det till honom. Men hans ansikte var så långt däruppe och hon var liten och ända nere på golvet.

Han lyfte glaset med den friska, stora näven och berättade. Han var Simson och såg henne inte.

Då hade det börjat rinna tvärs genom kläderna på henne. Först var det varmt och uthärdligt, men hemskt galet. En av karlarna såg hur det var fatt och sa åt Henrik. De andra började skratta. De pekade på Tora och slog sig på knäna och sa att Henrik dög illa som fosterfar. Skrattet steg och steg, tills det snart fyllde hela hennes huvud och inte var av denna världen.

Hon kröp in i skammen och var ensam mot alla.

Men det var inte det värsta.

Hon kom till att göra på sig också. Det bara kom. Hon orkade inte hålla emot. Hon kände hur det pressade på och flöt ut. Karlarna skrattade än mera, luktade och rynkade på näsan och bråkade på Henrik som hade så dålig reda på Ingrids unge.

Det skalv någonstans inom henne. Men utanpå var hon alldeles styv.

Det rann nerefter de vita ullstrumporna och ända ner på golvet. Tunn, tunn lort.

Hon hade tappat ansiktet i Tobias sjöbod, därför gick hon ogärna dit. Det hände att hon var tvungen, att någon skickade dit henne med ärende. Då kunde hon ännu känna hur det brast, som om hon hade någonting inom sig som aldrig slutade gå sönder. Hon kunde ännu känna lukten av sig själv och se de bruna, fläckiga strumpbenen. Och minnet av det grova skrattet från de stora vidöppna gapen över bordet fyllde henne med skam.

Elisif på loftet var gudlig, och hade låtit Tora veta att skammen var uppfunnen av Gud. Det gjorde alltsamman

14

hopplöst, för då var det inte att tänka på att slippa undan. Gud hade ställt det så att några *skulle* skämmas, för det mådde de bra av, syndiga människor som de var.

Och Tora förstod att hon var en sådan.

Hon ljög när hon tyckte det var enklast, och hon tog olovligt flera sviskon än mor hann räkna.

Men det förundrade henne likväl att somliga såg ut som om de inte skämdes över någonting i hela vida världen, fast de var hemska människor.

3

Tora stod barfota vid kammarfönstret och såg att ljungen var brun och utblommad. Resterna efter en regnvåt natt hängde som ett urtvättat spöke över Veten och Hesthammeren. Ja, ända ut i havsgapet utanför Dahls bryggor låg den råa dimman livlös och evig. Småbåtarna på viken var tecknade med mjuk blyerts, och Tora visste att de runda vinbären i prästens trädgård hade stora droppar av väta under. Det sörplade i den gamla takrännan.

Hon såg vägen göra en tvär sväng runt de översta gårdarna under Veten innan den kom skyndande nedöver backarna för att stanna ytterst på kajkanten.

En handfull hus låg slängda längs vägen nedöver sluttningen mot havet och hamnen. Mest gamla stugor med låga loft och blyga små fönstergluggar. Bleka och nötta i färgen som bortglömda pappersblommor. Ett par skarpmålade funkisklossar stoltserade inimellan. Några hade oputsade källarmurar som klornade sig fast i lergrunden med en envishet man måste beundra.

Som en varning och en påminnelse om var allt gott kommer ifrån, sköt en gyllene strimma tvärt fram ur en reva i molntäcket. Solen. Den färgade grenarna i björkallén upp till länsmansgården med guld.

Tora följde grusvägen med blicken. Började ända uppe vid Bekkejordet och förbi hagmarken och de muntert höstsprakande ljungmoarna, förbi myrarna och björkhultet, förbi fiskhässjorna och den stora ladugården som ingen längre använde – där vildvuxen, risig ängsjord övergick i strand-

16

klippor och tång och levande, vått hav. Till vänster, där vägen till kajerna delade sig, flög blicken baklänges in i hennes eget kammarfönster och var framme. I Tusen-hemmet.

Det var stilla i huset ännu ett ögonblick.

Så brakade det lös över huvudet på henne. Det var Elisifs ungar som for ur kojen och ramlade över golvet i ojämn takt.

Ljudet var varken gott eller ont. Skrapet, springet, Elisifs gudliga stämma, som Tora visste inte var det minsta ond, även om det fanns aldrig så mycket domedag i den.

Hon hörde mor tappa vatten i kaffepannan ute i köket. Henrik skulle inte stiga upp än. Innan Tora gick till skolan var det bara mamma och hon. Var mor på fabriken var hon ensam med smörgåsen och klockan på väggen.

Tora visste att den starkaste bestämde och hade rätt i allting.

Det var viktigt att veta vem som var starkast.

Henrik var starkast.

Även om han hade en axel som folk skrattade åt lite grand och som inte var en riktig axel, så var han fruktansvärt stark i den andra. Och han talade i snabba stötar med stor öppen mun.

När han skrattade, var det inte något riktigt skratt. Det lät snarare som om han var ledsen. Som ett slags ösregn och oväder mot bergen. Henrik hade dåliga dagar ibland. Då gick han inte till lagret hos Dahl.

Mammas dagar var varken goda eller dåliga, trodde To-ra. Hon såg jämt likadan ut, bara lite blekare ibland.

Oftast var mammas ögon stora och grönaktiga med en tunn, matt gardin för, precis som sommargardinerna hos moster Rakel. Men tvärt kunde de skifta färg, dra undan gardinen och låta henne se in i sig.

De var fulla av liv! Liknade lövträd om sommaren, fulla av småfåglar och mjuka, snabba skuggor. Det fladdrade och levde därinne i det gröna. Det hände nästan jämt när hon och Tora var alldeles ensamma.

Henrik slog hårdare än någon Tora visste. Med den friska handen. Det hände att mamma daskade henne baktill med handflatan. En liten klask. Men det var när hon ville att Tora skulle veta att hon var ledsen. De daskarna var aldrig onda. Det var inte ofta mamma slog. Bara när hon måste. Tora tordes gråta när mamma slog.

När Henrik slog skrumpnade Tora ihop. Virade sig liksom runt näven på honom som en trasa.

Det kändes som om hon inte hade fötter längre, och det sprängde jämt så hon nästan kissade på sig. Hittills hade hon klarat sig igenom det, för hon mindes nog Tobias sjöbod.

Hon blev som den lealösa katten som pojkarna i Byn hade plågat ihjäl för att ingen ägde den.

De hade korsfäst den på staketet.

Den skrumpnade också ihop. Var bara skinn och klor till sist. Kråkorna hackade fort ut ögonen första dagen. Tora tänkte ofta på om katten hade känt det som hon, att det liksom inte fanns plats för gråten. Det bara brast och brast, men ingenting kom ut. Allting blev för trångt.

Mor brukade säga att Henrik inte var elak. Tora hade aldrig tänkt eller sagt att Henrik var elak, så hon förstod inte varifrån mor hade fått det.

Det var som om hon såg strängt på Tora och förmanade henne: – Henrik är inte elak!

Men för Tora var inte Henrik elak eller snäll, han var Henrik.

Tora drog på sig strumporna och kjolen. Det var kallt i kammaren trots att höstsolen gjorde sitt bästa. Men en ny dag hade kommit. Det var bara att köra ansiktet i det kalla

18

vattnet från kranen. Tora passade på när mor var ute i gången i något ärende, så slapp hon fylla bleckfatet. Ingrid var noga med sådant.

Det blev inte mycket sagt medan de åt. Men tystnaden var inte hotfull, som den blev om *han* fanns där.

När Henrik åt tillsammans med dem, brukade Tora alltid vända blicken mot bordet. Hon visste att han vaktade på henne. Väntade på att hon skulle välta någonting eller göra något galet.

Hon hade vant sig att äta bara det allra nödvändigaste när han var där. Och hon la aldrig socker eller sylt på brödet. Då kunde hon komma att kladda. Ost var bra. Den höll sig fastklistrad i smöret och var pålitlig.

Mjölkglaset var en prövning. Det var som om det välte bara hon tänkte på det. Det var som om Henriks ögon kunde *se* hennes hand till att välta vad som helst.

Men i dag var det bara mamma och hon, så Tora tog sig god tid och lät ögonen vandra som de ville.

Sådana morgnar kunde Ingrid låta handen glida försiktigt över Toras axel när hon stod med pappränseln på ryggen, färdig för skolan. Sedan stod hon i fönstret och såg den magra skrotten till flickunge, med de röda flätorna viftande bakom sig, försvinna i vägkorset tillsammans med Elisifs ungar och Rita i första uppgången.

Och Ingrid kände ett slags vek vanmakt inför alla ting.

Tora och Sol satt på det blåmålade dasset om eftermiddagarna när de vuxna sov middag eller hölls med sitt så det lugnade sig med dassbesöken. Flickorna pratade och läste tidningar.

Fantomen rider på sin vita häst genom djungeln för att leta efter Sala. Trummorna har berättat var hon är.

Sol mumlar halvhögt med pekfingret mot tidningspapperet och naturen rakt under den fylliga baken. Det blåser ofta friskt därnere. När det är högvatten kommer småvågorna kluckande uppefter klipporna och lorten faller rätt ner i havet.

Vid ebb blir det små dunsar mitt i läsningen och papperet flaxar hemlöst omkring innan det bestämmer sig och drar till sjöss.

Tora har sällan råd att riva torkpapper ur tidningar som inte är mer än en vecka gamla. De kan användas till många dassturer. Det är flera sfärer och världar i tidningarna som ännu måste utforskas innan de kasseras.

Hygienartiklar i hemlighetsfulla annonser. Gabardinkappor till nedsatt pris.

Men först och främst är det Fantomen och Sala.

Och Tora viker omsorgsfullt ihop tidningarna och lägger dem nederst i traven på hyllan. Under de urgamla veckobladen som är för styva att torka sig med. Under de glänsande sommaromslagen och ett nummer av Allers ända från förra påsken som fått sin enorma kyckling riven itu.

Ibland river de ut en bild och sätter den på väggen. Men jämt finns det för få häftstift.

Dasset hade varit vitmålat en gång i fjärran forntid, och hade två dörrar med trekantiga fönster på ärbar höjd som uteslöt insyn, men var nödvändiga för ljus och luft.

Man kan se på ett dass vad slags folk som går där.

Ursprungligen hade prästgårdsdasset och tusenhemsdasset varit lika vitmålade och stolta. Nu fanns det en vemodig avskalad storhet över det senare, som en som gått på bättre dass strax märkte.

Ena dassdörren var för karlarna och den andra för kvinnor och småungar.

Karldasset spolades någon gång emellanåt med vattenslangen från fiskebruket. Den drogs med stort ståhej och mycket bråk uppöver den låga sluttningen från bryggorna till Tusenhemmet. Det blev inte så ofta. Och inte förrän det var så illa att folk inte frivilligt gick in på karldasset.

Kvinnorna hade en avriven vardagsrumsgardin i det trekantiga fönstret och säckmatta på golvet. Om sommaren hände det att det stod blåklockor och prästkragar i en bleckburk på hyllan ovanför bänken. Där fanns ett litet hål och två stora. Ibland var alla tre upptagna samtidigt. Särskilt i sena höstkvällar och när vinterstormarna och mörktiden bet som värst i skinn och sinne.

Det var som om kölden fick mindre grepp när man hade ett klädeslöst stycke bakkropp och en röst vid sin sida i mörkret. Om det så var själva lukten av människa, och den varma ångan från det inre och undangömda, så tröstade det och skapade ett slags gemenskap som det inte var nödvändigt att prata om eller göra väsen av.

Man knackade bara diskret på dörren över gången, viskade ett par ord i dörröppningen till någon. Och systerskapet var förseglat och dassvägen klar. Lågmälda livstolkningar, förtroenden om det inresekretoriska eller om hjärtats obändiga galenskap hörde ofta till. Det var inte bara naturens egen utstötning av avfallsämnen som fortgick. Det var lika mycket själasorg och tröst som fyllde det kalla dassrummet genom hela mörktiden. Man märkte inte pustarna utifrån storhavet så starkt i de öppna hålen när det satt flera rumpor neri dem.

Männen hade en mera ensam dassgång. Men de hade en annan gemenskap som kvinnorna mestadels var utestängda från. Nämligen pratet och buteljerna på bodloften och strövtågen i Byn om helgerna.

De visade inte sin mörkrädsla i öppen dag, karlarna.

Den dagen Einar flyttade in på verandaloftet, hade han på prov öppnat den ena dassdörren efter den andra. Och efter-

21

som han snabbt upptäckte att kvinnodasset var hemtrevligast och mest inbjudande, gick han ditin och stängde dörren försvarligt efter sig. Det var det stora felet Einar gjorde i Tusenhemmet. Han blev aldrig riktigt förlåten.

När han kom ut på dasstrappan, utan att ännu ha knäppt byxorna ordentligt framtill, hade redan tre fönster mot gården flugit upp.

Tre kvinnoansikten kom till synes. Det ena ilsknare än det andra. Elisif var först ute. Hon höll ihop koftan över det strama bröstet med ett stadigt grepp och öppnade munnen till en spetsig tratt. Det blänkte hotfullt i de vita köpetänderna, och ljudet for som ett piskrapp i den ljusblå dagen.

– Vad gör du på kvinnfolksdasset, om jag får fråga!?

Einar blev stående halvt bortvänd på den skeva trätrappan med högra handen i byxjulpen och den vänstra på dörrklinkan. Underkäken lossnade ur gångjärnen ett ögonblick när han vred huvudet och fick ögonen på kvinnoskallarna mot den medfarna husväggen. Tre oförsonliga, vitmejslade ansikten mot smutsgrå bakgrund.

Einar svalde. Så sansade han sig och ryckte blixtsnabbt högerhanden från julpen och körde den bakom ryggen. Han vågade inte ens sticka ner den i fickan, så överraskad var han av det väldiga gökuret till hus med tre galande skallar samtidigt ute och näbbarna på vid gavel. Han svalde igen, innan sinnet rann på honom som nageltrång och gjorde honom tungandad och rostig i stämman: – Vad fanken gal du efter däruppe!? Är det förbjudet att göra ifrån sej här?

– Du var inne på kvinnfolksdasset! Jag såg dej nog!

Elisif var skoningslös. En straffande tordönstämma i mycket högt tonläge.

Men Einar hade återvunnit självtilliten: – Är det skillnad på hon- och handassen här på Stranden? Så fint var det inte engång hos prästen, där jag kommer från. Prästens var inte så tyckmyckna i röven att dom måste ha dass för sej själva –

22

som ni fruntimmer här i Tusenhemmet.

Och utan att mera bry sig om kacklet från Elisif stegade han över gårdsplanen och in i den mittersta ingången. Han stängde dörren till glasverandan med en smäll och trampade ilsket uppför den gamla trätrappan så mässingsbeslagen skallrade lätt på sin utsatta plats ytterst på vart steg.

Lite senare satt Einar på soffan och stirrade argsint i väggen. Det var satan till käringar! Han ville inte erkänna för sig själv att det ännu pumpade i bröstet.

Han gick aldrig mera på kvinnodasset. Ändå bligar han alltid dolskt upp mot Elisifs fönster varje gång han har varit på gården på naturens vägnar. Och när han hör hennes tunna, höga röst någonstans i huset, kommer ibland över honom en oväntad hjärtklappning som han inte är herre över. Det gör honom rasande. För Einar är en som sköter sig själv på alla vis här i världen. Han fruktar varken präst eller käringar.

4

Tusenhemmet! Den stora träbyggnaden från sekelskiftet hade rester av forntida stolthet och mänsklig dårskap.

Man kunde tydligt se bägge delarna på de gamla avskalade takskäggen. Det luktade gamla dagars bruksägare och storkapital ända från det stensatta taket med mossa och måsskit till den tjocka grundmuren av handmejslad sten med rötter en meter under jorden.

Huset hade tre våningar och källare och en mängd höga, dragiga fönster.

Lusthuset hade blivit en mossbeväxt fallgrop där Elisifs femte unge hade ramlat igenom och brutit foten en sommar. Men klara, kalla dagar låg röken ännu storkarlsaktig över det lappade taket och kom ur tre skorstenar samtidigt.

Sådant väckte fortfarande respekt.

Men av storkarlar fanns det inte mycket kvar. De försvann redan på det hårda trettitalet. Och sedan blev huset stående ensamt med förfallet och såren efter den gemena hopen.

För till Tusenhemmet kom de arma. De som hade tungt att bära och var fattiga på jordiskt gods. En och annan var rentav fattig i anden.

De trängde sig samman kring de tre trappuppgångarna och kom till bruk när ett hål blev ledigt i samfundet. Vare sig det nu var på bryggorna, i agnbodarna, eller under de smutsiga taken hos bättre folk i vårarnas och höstarnas skurtid.

Folket i Tusenhemmet drömde inte om att de skulle ärva jorden för sin saktmodighet. Det var för dem det avlägsnaste av allt.

Men när månen stod över Veten och Hesthammeren i barhösten, och mödrarna hade hutat åt de äldsta att plocka potatisuslingarna ur det gemensamma landet, och den årliga ofreden om var Elisifs fåror slutade och var Arnas och Peders började, då stillade de sig på sitt eget vis under lamporna. Eller de strövade i Byn om de var unga och lekte gömme i den mörka källaren om de var än yngre.

Månen strödde sitt överdådiga silver över det gamla drakhuvudet på sydnocken (på nordnocken föll det av redan innan kriget), och sinnena i Tusenhemmet lyfte sig över sin egen grå saktmodighet.

När solen stod på helspänn över det snötäckta gamla stentaket, kom karlarna hem med torsk och rom. Mandelpotatisen hämtades upp från källaren och huset mättades med tung, fredlig leverånga.

Då ropade de bort vintermörkret genom öppna fönster och kvinnorna hjälpte varandra med skottkärrorna till älven inne i oset där de la sina vintergula lakanstrasor till blekning på klipporna och i de gamla snödrivorna.

Poesin låg på lur i detaljerna. I de välsignade dropparna från den knäckta takrännan till exempel. Men den var skygg och undangömd som ett stackars barn ingen ville amma eller ge kärlek.

Det magiska i att vara vid liv föll sällan någon stackare in. Då skulle det åtminstone styv kuling och förlisning till.

Det hände.

Det satt en gammal änka på gångloftet i Tusenhemmet i

många år. Hon stickade till ungarna på gården och basade dem i tur och ordning när de gjorde ofog.

Hon kastade sten på löshundar och skurade trapporna vare sig det var hennes vecka eller inte. Så de hade det bra i mittgången. Men så började hon skölja diskhanddukar i pottan och glömde tvätta både sig själv och trapporna. Till sist måste hon till ålderdomshemmet inne i Breiland. Där var hon precis ett dygn. Det blev slutet för henne.

Så blev gångloftet ledigt åt Einar när han jagades från prästgården av den nya prästen för att han stal ägg under hönorna och saltfläsk i visthusboden. Gångloftet var byggt ovanpå den gamla glasverandan. Det var förresten inte så mycket kvar av glaset. Sydvästen hade härjat och tagit den ena efter den andra av smårutorna. Nu var det bara två glasrutor kvar. De vette mot småskogen och Veten där vinterstormarna inte fick grepp. Karlarna hade spikat på brädstumpar och plattor åt sydväst för att hålla väder och vind ute.

När farstulampan var tänd och det glittrade i det vittoppade, vresiga havet, liknade glasverandan ett blint öga. På sydvästsidan hade bara två små rutor klarat sig. De skelade trotsigt och förundrat upp mot den väldiga himlen.

Det var ganska golvkallt på gångloftet.

Men inte mycket fönsterdrag. Det lilla takfönstret hade inte det lytet att det drog. Men det grät.

Det droppade och rann när snö eller regn förblindade det.

Einar lärde sig fort samma knep som gammalänkan hade. Han satte tvättfatet under droppet.

På golvet under fönstret fanns en utflytande rostcirkel efter änkans balja. Einar begrep strax meningen med den och satte dit fatet vid första oväder. Genom den välsignade gluggen i taket kom Guds urgamla, argsinta himmel in – om vädret var på det humöret. Det behövdes ingen gardin mot nyfikna blickar och det fanns ingen karm för krukväxter. Det passade Einar bra.

Tobias A. Brinch och Waldemar E. Brinch ägde en gång allt som fanns av liv och rörelse på Ön. De fjärrstyrde varenda fiskebåt söder om Viken och styrde överskottet i egen ficka.

Från två herrskapshus, med tjänsteflickor, kalas och festligheter av alla slag, utgick order om liv eller svältdöd i forna tider. Prästgården var den tredje maktfaktorn, och den höll nog ännu stånd, fastän det inte var tal om kronor och ören.

I slutet av trettitalet skedde det obegripliga: Storkarlarna Brinch gick i konkurs. Bryggorna och bruket, husen och åkrarna, allt visade sig belånat och pantsatt. Dåliga tider och spekulation, sa de som hade reda på sådant.

Huvudgården var störst och tillhörde den äldste av bröderna, hr T.A. Brinch. Den stoltserade nere på Stranden med utsirad taknock och glasveranda.

Först hade det kommit en herre från Bergen och ombesörjt konkursboet en vinter och en sommar. Men han var bara köpt och betalad av en bergenfirma för att hålla hjulen igång, och tyckte väl eftervart, att det blev för ensamt att sitta som storkarl och ungkarl häruppe under norrskenet och måsskriken. Han försvann en vårdag och kom aldrig mer tillbaka.

I dag hyste huvudgården så mycket av mänskokryp och boss, och kallades med rätta Tusenhemmet.

Längre upp i backarna stod Gården, visserligen mindre i omfång än Tusenhemmet, men med inte så alldeles lite respekt i behåll bakom flera generationers vitmålade fasader. Den tjänstgjorde som skola och eldades och sköttes av gamle Almar i Hestvika.

Under kriget upptäckte tyskarna Gården. De gamla

gångjärnen lagades och de urblekta silkestapeterna målades över. Det blev grovt skratt och skrål under takbjälkarna och en outplånlig lukt av läder och våta uniformsrockar bet sig fast i rummen.

Det gick ett fredsår innan man fann det moraliskt försvarbart att skicka oskyldiga barn uppi huset, men folk ynglade som besatta, och utrymmet räckte inte i det gamla skolhuset nere på udden. Så kom ungarna och Almar i Hestvika och gjorde Gården till sin. Men för gamlingarna med stor respekt för storkarlstiden, var det ett ont varsel att Gården gick ur hand i hand. Och de tog aldrig ordet skola i sin mun i samband med Gården, lika lite som de hade nämnt ordet kasern eller tyskläger.

Men Almar var inte hemsökt av nostalgi. Äntligen hade han levebrödet tryggat.

Ungar producerade folk villigt, och vedbrand måste de ha om inte skocken skulle frysa ihjäl om vintern.

De välsignade somrarna fick han ha ifred ute på fjorden med småsejen.

Skolmånaderna igenom eldade Almar i de meterhöga kaminerna, tömde dassen och plockade skräp.

I det stora dragiga klassrummet på andra våningen stod en rankig, svart kamin och ruvade över gamla dagars storhet.

Efter golvet huserade draget från storhavet och i ansiktshöjd slog hettan emot en som glödande järn. Ungarna blev lika snoriga om de satt vid kaminen och svettades om skallen eller vid dörren och frös över hela kroppen. Det var som om kaminerna inte hade förstånd på att värma neråt, sa Almar, när de klagade någon enstaka gång.

Så de fick tina fötterna i skolväskan.

Tora hade sin plats framför katedern.

Fröken Helmersen hade stora filttofflor och satt högt däruppe som ett rosa och gyllene blomster över det lackerade bordet.

Fröken Helmersen hette Gunn och var mycket ung. Yngre än någon av föräldrarna. Hon hade smilgropar och många, stora, vita tänder. De verkade alldeles äkta.

Gunn var vacker, tyckte Tora. Finare än mor också, för hon var gladare.

Håret var gult och lockigt och stod rakt upp som på den stora glansbilden av ängeln som Tora hade inramad över sin säng.

Ungarna kallade fröken Helmersen för Gunn och blev mjuka i blicken när de pratade om henne.

Det var det många av föräldrarna också som blev.

Hon var utlärd lärarinna fast hon var så ung. Folk var henne stor tack skyldig för att hon kommit från det milda Sørlandet och troende föräldrar, och hit upp till Ön i havet, kölden och mörkret.

Elisif menade att det var Herrans försyn att de skulle få behålla henne andra året.

Ungarna gjorde sig ärenden upp till Gården om eftermiddagarna också, de frågade och undrade och uppvaktade henne med torsktungor och hembakt bröd.

Tora kunde se Gunn för sig när hon låg ensam i kammaren om kvällen och inte fick sova.

Hon såg henne alltid med stor öppen mun och med de djupa groparna i kinderna. Det var som om någon hade tryckt pekfingret in i hennes kinder, och låtit avtrycket bli kvar för evigt.

Tora drömde att hon var Gunn. Hon försökte ibland lösa upp flätorna och kamma håret rakt upp, så det skulle bli som Gunns. Men det var en helt annan färg och ett helt annat huvud. Hon klättrade upp på en stol och kikade in i spegelbilden över vasken.

Det hjälpte inte hur mycket hon än borstade eller hur stort hon än log. Toras ansikte var och förblev smalt och grått med smal mun och alltför stor näsa. Över näsroten var

29

strött tätt med bruna fräknar. Håret var tjockt och motspänstigt och alldeles utan lockar. Ändarna på flätorna daskade runt det lilla ansiktet som borsten på en sliten kvast.

Hon var Tora. Det var ingenting att göra åt.

Elisif hade mer än en gång sagt att hon inte begrep hur en vacker och välskapt människa som Ingrid hade fått henne. Det måste vara det främmande blodet och syndens lön som gjort det.

Tora förstod efter hand vad hon menade, och blev röd ända ut i örsnibbarna.

Det främmande blodet var det värsta, det hörde till kriget och var det mor aldrig pratade om. Syndens lön tog Tora inte så hårt. Det var något man kunde lirka med, det hade hon sett.

Men om spegeln över vasken berättade för Tora vem hon var, så levde hon sitt eget hemliga liv under duntäcket i kammaren. I mörkret och ensamheten var hon vem hon ville. Där klädde hon av sig sin gestalt under det småblommiga lakanet, värmde sig med sina egna kalla händer, kelade med sig själv medan hon frambesvor en annan Tora. Ifall hon var ensam hemma, kunde hon glömma den egentliga Tora alldeles.

För en stund kunde allt det som gnagde i magen om dagarna försvinna som om det aldrig funnits där.

Farligheten?

Den försvann den också.

Hon var snäll mot sin magra kropp tills den glödde och darrade och hon blev varm om fötterna. Hon var fri från alla rösterna och alla ögonen, och bestämde själv vem hon ville vara. Hon visste att hon egentligen inte skulle göra "sånt" med sig själv. Men ifall hon gjorde det utan att tänka särskilt på det, så kunde det väl inte vara så farligt.

5

Ända sedan den dagen Ole i Byn hade sagt att hon kommit ut ur fittan på mor sin, hade Tora nästan velat kräkas när hon tänkte på att folk gjorde sånt...

Att mor och Henrik... Eller prästen!

Att de inte dog av skam när de visste att alla andra visste!

Prästen hade fyra barn!

Och Elisif, som var så gudlig, lät sig luras av Torstein, så det kom en ny varje år!

Då var det bättre att göra det själv och glömma farligheten. Ändå kunde hon ligga länge i mörkret i kammaren och fundera över hur de fick till det, det Ole berättade.

Hon hade varit med Jørgen och några av de andra ungarna bakom åsen en gång och tittat på hästarna som gick där.

Prästens hingst blev alldeles vild och kom in i hagen hos stona. Tora kunde inte begripa att det inte var bättre fason på prästhingsten. Men samtidigt tog det henne på ett underligt vis att titta på.

Hingsten hade blåst upp donet sitt och Tora kände farligheten och ett slags kittlande nyfikenhet på samma gång.

Hästarna rasade runt i hagen en stund och när hon insåg att det var allvar låtsades hon gömma ögonen i ärmen. Men hon kunde besparat sig mödan. Ingen hade tid att titta på vad hon gjorde. Allihop stod med öppen mun och stirrade på hästkuken.

Då hingsten lät den försvinna in i det blacka stoet och gnäggade och blåste i näsan, kunde hon tydligt se att Elisifs

Jørgen liksom sjönk ihop i knäna och att tungspetsen kom ut i ena mungipan på Rita.

Tora visste i en blink att allihop stod runt fållan och stirrade på hingsten som pumpade ut och in i stoet, och att de kände det konstiga, hemliga suget i underlivet precis som hon. De stod och hade något gemensamt utan att kunna prata om det, utan att våga se på varandra.

Tora försökte föreställa sig hur det kändes att vara sto just nu. Först stod det och darrade. Sedan bara stod det. Var liksom inte med på något. Kanske det skämdes? Så måste det vara!

Stoet tyckte nog inte om att de stod och tittade på. Det måste göra hemskt ont med den stora uppblåsta kuken.

Nej, det såg inte så ut heller. Då skulle inte stoet stått stilla. Det gick kalla och varma ilningar genom hela Tora.

Det var som att springa fort och länge så man kände blodsmaken i halsen, som att leka gömme mörka höstkvällar. Ja, detta var nästan bättre än att segla på isflaken inne i Viken.

Till sist sjönk hingsten ihop över stoet och blåste i näsan. Den kastade huvudet bakåt, så att manen flög ut från nacken.

Så gled den vanmäktig ned från stoet, och kuken följde med. Det gick för fort för Tora. Först hade hon tyckt allt var vackert. Hingsten som kastade med det stora bruna huvudet och manen som flög i vinden.

Nu verkade hingsten bara förödmjukad och lite ynklig. Kuken slingrade slak från ena sidan till andra och skrumpnade in framför ögonen på ungarna. Den droppade lite.

Rita stod och glodde med sina ljusblå ögon en lång stund efter att allt var över. Så kom det: – Den grisen! Han kissade i stoet!

Jørgen såg föraktfullt på henne, så slängde han ut mellan två spottloskor: – Det är säd – ser du väl, dumskata!

32

Sedan höll han ett kort föredrag om både det ena och det andra. Och Ole föll in och sa att de alla hade kommit ut ur fittan på mor sin, och det var ingenting att skämmas för.

Annars pratade de inte om händelsen med någon av de vuxna. Och de frågade aldrig om det de undrade över.

Men det hände att de satt på stengärdet vid kyrkan och bråkade om vad de verkligen hade sett på kort håll den gången i hamnhagen.

Jørgen ville jämt utmåla hingstens don som mycket större än det egentligen var.

Rita beskyllde honom för att fara med lögner. Hon mätte i luften med spretande fingrar, men Jørgen höll på sitt. Till sist knuffade Jørgen ner henne från gärdet.

Det kunde ha ändat i förskräckelse, om inte den fåmälda och beskedliga Lina plötsligt sa att hon hade sett en riktig karlkuk.

Allas ögon kom trillande emot henne av idel nyfikenhet. Munnarna öppnade sig hänförda och skräckslagna på samma gång.

– Nä-ää, kom det misstroget.

– Vems var det du såg? frågade Ole.

– Det säjer jag inte. Men han var blå.

– Vem? Karln? frågade Tora misstroget.

– Kuken förstås, torskhuve!

Lina kastade triumferande tillbaka huvudet och petade bort leran från det slitna mönstret under stövlarna med en pinne. Hon spetsade munnen, den såg ut som en liten näbb, och hon riktade blicken ut i tomma luften och ville inte se på dem.

– Pöh, du ljuger! Dom är inte blåa. Du är inte klok!

Jørgen var indignerad. Ole och flickorna tittade på honom. Det gick upp för dem att hän skämdes å männens vägnar och atf han undanbad sig att bli uthängd med blå kuk. Ole stöttade Jørgen försiktigt, och fnös åt Lina. Men

33

Lina stod på sig: – Pojkkukar är inte detsamma som karlkukar, begriper du inte det?

Nej, Ole och Jørgen begrep inte det.

Men de gav sig efterhand in på andra samtalsämnen, för argumenten var förbrukade och de hade egentligen mera lust att prata om saken än att bli ovänner.

Men Tora undrade likväl över det Lina hade sagt. Under duntäcket om kvällen fick alla hennes syner blåfärg och fantasin sorlade och kröp under huden på henne.

Över alltihop låg äcklet och farligheten och fördärvade.

Alla viskande samtal mellan mor och moster Rakel, alla ljuden från vardagsrummet när de trodde hon sov.

Alla halvkvädna skämt nere i sjöbodarna, alla historierna som inte var för hennes öron.

Hon kunde inte skilja det från vartannat, kunde inte veta var hon fanns i det. Hon visste inte om hon vämjdes eller...

Ibland skämdes hon över sig själv, och var glad att ingen såg henne där i mörkret.

Hon kändes liksom inte vid sig själv längre. De ömma kulorna framme på bröstet kändes som om de inte riktigt var hon. Hon gjorde sig krum i ryggen, så ingen skulle se dem. Ville på något vis gömma dem inne i sig.

Men det hjälpte inte mycket. De gjorde alla kläderna hon skulle ha på överkroppen för trånga. Hon önskade hon var pojke. Lina och Rita var fortfarande platta de. Kunde flänga och fara nere i strandkanten sista sommaren i bara underbyxorna. Tora hittade på alla slags undanflykter för att slippa vara med.

Hon hade inte bara knopparna att ängslas över. Det växte hår på henne överallt, tyckte hon. Och ibland luktade det gamla nejlikor både om henne och kläderna. Det påminde henne om begravning. Ett slags fadd, sötaktig lukt så snart hon blev varm eller nervös. Det blev att hon höll sig mest till Sol, som var nästan två år äldre och hade lagt ut rejält både här och där.

Om lördagarna eldade Tora själv i kammaren och bar in tvättvatten och handdukar.

Förra vintern hade hon ännu badat i bleckbaljan framför köksspisen. Men så hade hon satt sig upp emot mor och vägrat. Någon kunde komma. En gång kom Henrik medan hon ännu satt i baljan.

Han såg på henne. Det var outhärdligt.

Hon blev sittande där hon satt ända tills han gick igen. Han hade sett den kroppen som inte var hennes.

Så vägrade hon bada i flera veckor. Mor blev arg och sa att det skulle börja gro mask i henne. Till sist hade hon antytt att hon kunde få elda i kammaren och bada där om hon ville.

Tora kände ett slags vek, varm ömhet för mor när hon sa det. Hon fick lust att krama henne, men kom sig inte för. Det var som ett hav mellan mamma och henne – så.

Hela våren och sommaren hade hon tvättat sig i kammaren med en kniv hårt instucken mellan dörrkarmen och dörren. Det var det enda låset hon ägde. Det var ganska enkelt att lirka bort kniven från utsidan. Men det var ändå ett slags stängsel, ett meddelande att hon ville vara ensam, utan att hon behövde säga något.

Framför den stora katedern i Gården kunde hon också sitta och vara ensam. Där hade hon bara Gunn framför sig.

Alla ögonen hade hon bakom. Hon kunde sitta och låtsas att hon lyssnade till vad Gunn sa, men ändå tänka sina egna tankar. Hon kunde fantisera om de underligaste ting ifred. Gunn var noga med att det var arbetsro i klassrummet.

Hon hade en underlig makt över ungskocken som rentav gammelläraren kunde avundas henne. Och hon lät sådana

35

som Tora vara ifred med sina tankar.

Hennes auktoritet gick inte att begripa, för den var så annorlunda mot den ungarna fick i form av örfilar och hut hos sina fäder när det brast i folkskicket. Gunns metod förvirrade särskilt de äldsta av pojkarna. Hon *såg* på dem. Släppte dem inte med blicken.

Ibland kom hon med sin varma näve och la den över nackarna på dem. Så lyfte hon upp huvudet med en bestämd rörelse och *såg* dem in i ögonen tills det blev tyst i klassrummet och slyngeln gav vika.

Men det dröjde aldrig länge innan Gunns smilgropar stod som trivselmärken framför ögonen på dem och allt var bra.

Tora tyckte om skolan. Hon tyckte om lukten av damm och krita. Det var bara att göra sitt arbete, så fick man vara ifred. Åtminstone på timmarna.

Man kunde fråga Gunn om allt – nästan.

Och svar fick man.

Men prästhingsten och farligheten var ting som ingen kunde fråga någon vuxen om. Det var inte alltid man kunde fråga ute på vägen heller. Det var bara när det föll sig. Som den gången i hamnhagen.

I höst hade Tora kommit i samma grupp som Sol i skolan. De två sista årskullarna gick tillsammans.

Sol hade ett års försprång framför Tora, men hon skröt aldrig med det. En från Tusenhemmet hade sällan råd att offra vänskap på bagateller.

Tora tyckte inte det var så märkvärdigt med Jørgen som det varit i alla år. Vardagen och åren förändrade dem. Och Jørgen hällde vatten i deras skor och gömde Sols skolböcker, han svor när mor var utom hörhåll, och han gick jämt nere på kajerna och drog.

Sol var tyst, men hon hade reda på det mesta som försiggick mellan fyra väggar och som doldes i livets många

36

irrgångar. Hon var äldst av Elisifs sju ungar och hade mer eller mindre ofrivilligt fått födsel och avlelse tryckta över öronen på sig alltefter veckorna och åren nattetid smög sig över taket på Tusenhemmet.

Men Tora kunde inte fråga Sol om sådant de pratade om på vägen, då kunde Sol tro hon var en barnunge.

6

Tyskunge!

Hon hade plötsligt hört ordet. Det låg något ont i det. En dom.

Henrik hade också använt det ordet. Inte direkt till henne, men det hade kommit genom de tunna panelväggarna.

Hon hade velat fråga mor, men ordet blev ett stycke av farligheten. Så blev det att hon glömde det med vilja, för att hon inte tålde det. Det kunde gå veckor och månader utan att hon hörde någon nämna det.

Men det kom alltid tillbaka. Då kändes det som den gången ungarna i Byn lurade henne utför en brant backe på skidor, och hon inte visste att de gjort ett hopp mitt i backen och isat snön nedanför med flera hinkar vatten.

Det fanns liksom ingen utväg när man väl var i luften. Bara mycket sug och tomrum omkring. Och det enda man visste var att man var så illa tvungen att landa.

På vägen fanns en egen lag. Den lagen var inte alltid densamma som där de vuxna fanns. Och inte alls densamma som inne i köket.

Men den var inte ond mer än korta stunder. Bara som skrubbsår eller ett klämt finger. Ont så tårarna stänkte, med detsamma. Men det gick över. Man behövde inte gräma sig, för det var lika för alla.

Ole var starkast och störst, men inte värst. Han hade sina svagheter. Han kissade på sig om nätterna. Och ibland luktade det när han inte fick tid att tvätta sig ren innan han gick till skolan. Stora karln!

Tora samlade på svagheter – hos andra.

Hon sa inte något till dem, för sådant blev det bara ofred av. Men hon tänkte på det.

Ibland drömde hon att hon nog skulle ge igen, precis där de var som mest sårbara. Men det blev aldrig någonting av. Tora var tunn och ynklig och liten. Det enda hon hade makt över var rågummibollen.

Hon sprang fortare än någon annan om det var nödvändigt. Eller hon smög sig undan utan att någon märkte det.

Då hade hon två skamrosor, en på vardera av de grå kinderna. Hon fick sin portion i slagsmålen som ägde rum på vägen. Men det var av annat slag än det hon fick av Henrik.

På andra sidan Viken, där ljungheden och småskogen växte frodigt och tätt intill vägkanten, kunde Tora se det gamla ungdomshuset. Det var inte *egentligen* gammalt, bara så sorgligt vanskött. En gång hade det varit rödmålat. Före kriget.

Det var långt efter kriget, men Tora visste att hon var en del av det.

Hon hade hört många historier om det.

Ur allt hon hörde växte fram ett slags vämjelig insikt att mamma också var en del av det.

När Henrik pratade om kriget, gick mamma i andra änden av rummet och hade alltid ryggen vänd mot dem som fanns med. Henrik förbannade kriget mera än någon annan, för det hade nästan klämt av honom vänstra axeln och halvvägs tryckt in hans lungor.

– Helvetes tyskjävlar! sa han och fick djupa rynkor mellan de buskiga ögonbrynen.

Alla höll med honom, fast de tittade i tredje väggen och gav Ingrid konstiga ögonkast ifall de var vittne till Henriks utbrott. Mamma pratade aldrig om kriget.

Moster Rakel hade en gång antytt att det tog livet av mormor att Tora blev född. Det var inte avsett för Toras öron, så hon kunde inte fråga mera.

Tora tyckte det var konstigt att det var hon som skulle vara skuld till mormors död, för hon kunde tydligt minnas henne som ett blekt och magert ansikte mot en vit kudde inne i kammaren hos moster Rakel och morbror Simon på Bekkejordet.

Tora visste att det varit ransonering på allt, så folk hade lite att äta och klä sig. Kanske hade hon hört fel, att moster sagt att det var detta som tagit livet av mormor.

Tora brukade tänka sig Almar i Hestvika vandra naken och utsvulten på däcket till sin grovbyggda fiskebåt mitt i ransoneringen. Det måtte ha varit en kall och underlig syn. Det var jämt Almar hon såg, ingen av de andra.

På ljungheden stod alltså ungdomshuset. Det var en del av kriget, det också.

Där hade de en gång klippt av mammas hår ända in till den mjölkvita huvudsvålen.

Tora hade hört om det på många vis och av många munnar. Men hon satte mest tilltro till Sols historia: De hade klippt håret av mor för att Tora blev född under kriget.

Tora tänkte ändå att de var avundsjuka på mamma. För hon kunde nog se att det nya håret också var ovanligt mörkt och tjockt. Hon hade det vackraste håret i hela Byn.

Men att de kunde vara så grymma?

En gång hade hon frågat moster Rakel.

Då hade moster kramat henne och sagt att kriget hade gjort många människor galna, och att Tora inte skulle plåga mor med sådana frågor.

Men varje gång Tora gick förbi ungdomshuset, så tyckte hon det var som om osynliga händer sträckte sig efter henne och ville henne ont.

Huset hade rädda små fönsterögon och vinda mönster på

40

de urblekta gardinerna, så det var lite konstigt att hon kände det så. Men hon kunde liksom inte tänka sig att någon av människorna hon såg på vägen, i Ottars butik eller på bryggan någon gång kunnat vilja mor så ont att de klippt av henne håret. Då fick hellre huset bära skulden.

Det var där det hade skett. Och det kunde stå där ensamt med ståltrådsstängslet nertryckt ut mot de ödsliga myrarna och med de omålade väggarna mitt i synen på vem som helst!

Mor tog henne aldrig dit.

17 maj och julgransplundringar deltog Tora inte i som de andra ungarna, förrän hon började skolan.

Tora inbillade sig att ifall "huset" inte lyckats klippa håret av mor, så hade det räckt ända ner till höfterna. Hon kunde se mamma för sig, böjd vid älven i blåsten medan hon sköljde kläder. Håret svallade mellan älvstenarna ända ut i havet.

Hon berättade det för Sol.

Men Sol var nästan två år äldre och fnös bara: – Ingen får så långt hår. Det är bara i sagorna.

Sol och resten av Elisifs familj bodde rakt över huvudet på Tora. Om morgnarna susade det starkt och länge i rören däruppe. Det var många som skulle fylla bleckfatet och tvätta sig böjda över torvlåren vid ugnen och med Elisifs tuktande blick över sig.

Det skrapade och dunkade, det hostade och grät däruppe. Och man visste att det skulle vara så.

Men det fanns förstås somliga som tyckte det var för galet med alla ungarna hos Elisif.

De var förorsakade av en liten grå man som aldrig slog i dörrarna eller sa ett domens ord i oträngt mål. Ett slags mild skugga som ingen räknade med vid sidan av den starka, dominerande Elisif.

41

Emellanåt stod karlarna runt väggarna i Ottars butik och flinade och undrade om det kom en ny hos Elisif före jul i år också. Det gjorde det nu inte alltid. Jørgen var åtminstone född 18 maj. Tora tyckte det var en tröst att det var galet att en unge föddes hos Elisif vartenda år. Så var hon inte ensam i olyckan.

När Tora var liten hände det att hon satt i strandkanten och såg på ljuset som steg ur det grå och blå och spred sitt sken ända in i himlen.

– Det är himlen som ger ljus åt havet och jorden, sa Ingrid när Tora försökte få henne att förstå vad hon såg.

De brukade sitta vid älvmynnet och äta sin mat medan klädtvätten kokade upp i den väldiga bryggrytan mellan stenarna. Kaffegropen kallade folk platsen. Där kunde man hämta färskvatten till pannan ur älven och samtidigt ha storhavet ända in i ögat.

Tora trodde inte riktigt på det mor sa om ljuset och himlen. För havet var ju så ändlöst djupt. Hela skepp och mångfaldiga människor kunde det gömma som ingenting. Och ändå var det så stort att det blev plats åt allt det andra, fiskarna och tången och redskapen och stenarna.

Men hon sa inte emot mor, såg bara undrande på glittret därnere i brackvattnet, följde strömmarna och virvlarna med blicken ut där de nådde det grå saltvattnet och blev grönskimrande med toppar av darrande skum.

Tora hade druckit av saltvattnet en gång för att hon inte begripit att det var skillnad på hav och älvvatten.

Sedan glömde hon aldrig smaken.

Den gjorde henne rädd att bada i havet. Hon föredrog höljorna i älven fast de var kallare. Och när hon hörde att någon drunknat i havet, kände hon alltid den salta, äckliga smaken.

Så visste hon lite om att dö.

7

Hösten var risvedens och torveldningens tid.

Folk beredde sig för vintersäsongen och sysslade med sitt inomhus.

Alla väntade mer eller mindre på det stora draget när fisken skulle på land.

Då stod nerver och lemmar på spänn, och man frågade inte efter natt eller dag, arbetslust eller trötthet. Några stod mitt i inälvorna och vågbrotten och var med. Andra stod vid köksfönstret eller med örat intill högtalaren på radiohyllan. Ungar grät och kreatur skulle utfodras och mockas åt, även om käringarna var ensamma. De klagade inte. Det gällde att gräva mest möjligt ur fiskesäsongen. Många fick den chansen till förtjänst. Det var allt.

Ottar och Grøndahl skulle ha sitt för maten som kanske redan låg utspridd på den styvfrysta jordlappen som dynga, eller låg och gungade på hemliga, bortglömda ställen mellan tångruskorna i strandkanten.

Ungarna skulle ha nya stövlar och skidbyxor och innekläder att visa sig för folk i när det blev jul.

Torven var bara att tända med, så kolhandlaren måste ha sitt. De som hade får i fähuset till slakt klarade sig gott, men de som måste köpa köttet fick punga ut. Det var bara att sträcka halsen över storvågorna och ta risken. Griskött kunde fan äta. För det var bara storfolk och de som hade nog driftiga käringar hemma att föda upp en gris som kunde.

Simon på Bekkejordet hävdade att en duglig käring var halva födan.

Han hade nog rätt i det, menade de som kände Rakel. Alla visste att hon var av segt virke, ingen docka.

Rakel förvaltade Simons gods och Simons skuld. Hon lurade honom lite grand emellanåt för egen utkomst. Men aldrig av illvilja. Bara för att bespara honom tjat och gnäll efter pengar till ting han alls inte begrep var nödvändiga.

Rakel hade sin lilla kriskassa i schatullet. Efterhand blev den förresten inte så alldeles liten heller.

Måste hon ta ur den så *måste* hon, och sörjde inte över det. Men tömde den gjorde hon aldrig. För Rakel hade känt sämre tider inpå skinnet än dem hon hade under Simons tak.

Simon unnade sig att flina åt Rakels schatull, men han la sig inte i hennes affärer. Hon lät för sin del honom aldrig begripa att hon visste det mesta om redskap och båt och manskap.

Men det fanns en undangömd brunn på Bekkejordet också.

Den brunnen hade Simon nära nog drunknat i en gång. Då hade Rakel kommit ut ur stugvärmen och plockat upp honom ur kölden.

Innerst inne visste Simon att Rakel var den som sist gick till botten om olyckan var framme och allt förliste.

Rakels styrka gjorde honom förvirrad och överraskad, just för att den inte satt i nävarna. Den var av ett mera oåtkomligt slag.

Det insåg han till fullo den dagen hon kom från staden och berättade för honom att hon inte kunde få barn.

Hon hade stått där i ny storrutig kappa och slagit ut med händerna mot honom.

Doktorn hade sagt det. Efter sju års äktenskap: Inga

ungar att hoppas på. Så hon kunde lika gärna köpa sig en ny kappa. Hon sa det lika sammanbitet och tårlöst som när hon tog en extra golvtvätt efter arbetskarlarna i potatisskörden.

Inga ungar! Ett lyte hon hade.

Hon hade stått i den blåmålade kontorsdörren nere på bruket. I hans rike hade hon tagit på sig det han visste var hans fel.

För det fanns inget liv i Simon Bekkejordets säd.

Han hade varit på vippen att säga det till henne många gånger, men klarade liksom inte att få fram orden.

Visste ju att hon så innerligt önskade sig ett barn. Han tänkte igenom allt han skulle säga. Men när stunden kom blev det likväl inte sagt.

Det gick om intet gång efter gång. Till sist gnagde det sig så in i honom att han började hålla sig undan från sängen hennes. Gjorde sig det ena viktiga ärendet efter det andra nere på bruket, så hon skulle ha somnat när han kom hem.

Kanhända var det därför hon låst upp schatullet och tagit en tur till staden.

Rakel förvaltade vad Simon *inte* hade lika väl som det han hade, verkade det.

Så hade hon stått där i ny kappa och ljugit honom rakt i synen med de ärligaste ögon man kunnat se.

– Jag kan inte få ungar, Simon. Vi får ordna det på annat vis, eller vara utan!

Om kvällen hade han tagit henne, först lite skamset, som en tacksam hund. Så hade hon låtit honom förstå att det inte var sådan hon ville ha honom. Då hade han grävt sig ner hos henne och känt tryggheten att ha någon hos sig som var honom minst jämbördig i kropp och vilja.

De var vakna hos varandra tills dagen kom och dagsverkena stod på pass vid sängkanten med sina släggor.

Bägge levde varmt och nära för den andre.

Bägge visste.

Rakel skaffade sig katt.

Regnet hade överfallit dem, och nerefter fjällhamrarna låg dimman tjock som gammal ondska.

Fjällen i söder hörde inte längre till den synliga världen.

Folk eldade i kaminerna, stängde gångdörrarna och surade över draget från fönstren. De letade fram ulltröjorna och raggsockorna och gruvade sig för nödvändiga ärenden på lillhuset.

Man knäppte noga igen allt man hade när man gick ut.

Ansiktena stod vita och självlysande inuti klädbyltena när man gick förbi någon på vägen.

Helst trängde de ihop sig mellan väggarna hos sig själva. Höll avståndet till allting utanför.

Det var slut med ropen över fläckiga trädgårdsstaket och rostiga, gnisslande tvättställningar.

Potatisen var under tak. De få vinbären som var kvar kunde småfåglarna få i Guds namn.

Ett och annat lakan och örngott hängde mellan underbyxorna därute och dansade i blåsten. Men frampå natten knakade det gärna i dem där de hängde på led och vred sig styvt. De dinglade som kvarglömda lik i vindkasten.

Det är stor skillnad på underkläderna hos en vinternordlänning och en sommarnordlänning.

Vintermänniskan är betydligt mindre inne i sig själv, men desto större i utstyrseln.

Livet på kajerna gick trögt. Det var som om man snålade på drivmedlet tills vinterfisket.

Karlarna klev runt lastrumsluckorna och var dystra.

Stora öppna nävar hängde och slängde efter oljebyxorna, eller pysslade så smått med rulltobaken eller pipan.

Ibland ryckte de upp sig och slog våldsamma åkarbrasor över blåblusbröstet tills de glödde av blod och kyla.

– Vad är det du far efter? kunde karlarna slänga efter en eller annan unge som inte respekterade sydvästen, utan tog en vända in i sjöbodarna eller bakom skjulen.

Men flera av karlarna var godlynta den här årstiden också, och hade inte glömt att de själva varit kalvar.

De hade ofta en glimt i ögat och ett retsamt ord i mungipan när Tora och tusenhemsflocken kom förbi.

Regnvåta, blossande ansikten och slaskande skor ena dagen och svidande fingertoppar och näsdropp den andra. Så var det.

Galoscher med syltburksringar om vristerna ena dagen och grovsockor den andra.

Hela oktober och november hade Vår Herre letat på botten av ett dimhav, men nätterna var iskalla och ilskna och hade en irriterande måne som lovade och ljög om morgondagen. För långt innan hönsen började rumstera borta i Kamferdropp-Annas skjul, så strilade det ofta ner ur en livsfientlig himmel och skvalade och rann i de murkna rännorna på tusenhemstaket.

Karlarna träffades i den nya butiken i Nordvika eller i Ottars gamla mörka bod. De pratade och hängde. Efter ett par timmar kunde det hända att en och annan kom på att han skulle handla lite. Det tog också tid och brådskade inte alls.

Ottar stod bakom disken och vägde och mätte så smått.

Han räknade efter och deltog i klagolåten över vädret när han ingenting annat hade för händer.

– Fanken ta detta vädret, kunde han säga ärligt och av hjärtat när han måste ta på sydvästen och gå ut i lagret på kajen efter sill eller sirap eller vad det kunde vara.

För Ottar hade "frisyr".

Det tunna håret av obestämbar kulör var omsorgsfullt kammat med bena på högra sidan.

47

Det hade de i Bodø på den tiden han tjänstgjorde som expeditör där, förklarade han stolt.

Han hade förstås inte tid att kamma håret för jämnan till vardags, därför använde han en rymlig, gul sydväst när han måste ut. Den hängde i beredskap på trådrullsknaggen borta vid dörren med den fläckiga, ovala emaljskylten där det stod: "PRIVAT".

Men plågsamt var det med sydvästen, både den som härjade ute och den som hängde på kroken.

Det hände att han kom ända ut på kajen innan han mindes huvudbonaden. Om det blåste lite, och det gjorde det oftast – så flög hela frisyren åt fanders.

Så blev det att ila upp på privaten och ordna och kamma medan dyrbara handelsminuter dunstade bort. Men den lilla hemliga månen måste kamoufleras, kosta vad det kosta ville.

Det var så illa att en fattig stackare inte ens kunde sticka sig ut efter middagsmat. Det verkade som om alla goda makter menade att de skulle sitta med händerna i knät och svälta ihjäl härute med matsalen alldeles utanför kajkanten.

Karlarna spottade i den stora missfärgade backen borta vid dörren, vare sig de tuggade tobak eller inte, och var överens.

Tora satt på en tunna i den mörkaste vrån och väntade. Hon hade listan på det hon skulle ha i säkert förvar i handen. Ullstrumporna kliade. Mamma hade tvingat på dem i år också.

Var gång någon kom eller gick i dörren kände hon draget komma smygande och hitta fram precis dit där byxkanten slutade och huden var naken för att hon växt så i sommar att strumporna blivit för korta.

Hon kände det inte genast, det kom liksom smygande som

isnålar uppefter låren.

Hon gruvade sig för det ögonblick när Ottar skulle nicka mot henne och be henne fram, för hon hade inga pengar med i dag heller. Bara en lapp, fuktig av handsvett och regn. På den stod det med Ingrids skrivstil:

1 kvarts kaffe
1 kg margarin
2 kg vetemjöl
1 hg jäst
1 liter sirap

Kan du vara så snäll och skriva upp detta tills jag kommer ner?

Ingrid

Ottars ansikte blev rynkigt på det otäcka viset och mörknade en smula när hon gav honom lappen. Han hostade lite och hämtade varorna åt henne.

Därpå tog han fram den långa, tjocka boken som en gång hade varit grön med marmorerat mönster i alla färger.

Sakta och sorgmodigt letade han efter Ingrid Tostes namn med pekfingret hotfullt framför sig. Så fogade han det nya beloppet till de många andra som stod där sedan tidigare. Allra sist stängde han boken med en smäll och suckade halvhögt.

Tora hade stått och tyngt på än den ena, än den andra foten medan detta pågick och känt som om hon hade myror mellan kläderna och kroppen.

Jämt blev hon kissnödig. Fastän det sista hon gjorde innan hon gick in i butiken var att huka sig bakom det höga trästaketet.

Men varorna fick hon alltid med sig.

Ingen hade någonsin upplevt att Ottar nekat någon varorna de behövde till brödbak.

Tora smet ut mellan karlarna och deras ansikten flöt ihop högt däruppe. Ögon och åter ögon. Munnar som tuggade, munnar som höll pipskaft mellan gula tänder eller stod halvöppna och nyfikna över henne. Det lilla plinget från mässingsklockan ovanför dörren var både ett gott och ett ont varsel för Tora. Det kom an på vilken väg tårna och näsan pekade. In eller ut.

Darrande och andtruten stannade hon till bakom trästaketet som hastigast och gjorde ifrån sig. Så flög hon bortefter vägen och nedför backarna till Tusenhemmet. Hon for över de leriga vattenpölarna och varorna daskade emot benen. Den gamla svarta regnkappan stod som ett segel efter henne för hon hade inte gett sig tid att knäppa den.

Egentligen visste hon inte vad som skulle ske ifall hon inte kom ut sedan hon fått varorna uppskrivna i boken. Fantasin stannade där.

Men Ottar i butiken blev liksom Jesus och Gud och prästen och gammelläraren och Henrik på en gång.

Hon orkade det inte. Hon måste fly från det!

När hon kom hem grälade inte mor för att hon ramlat i trapporna och hade stövlarna på ända in. Hon tog bara emot varorna och smekte Tora som hastigast med den lediga handen. Hon log vekt, som om hon ville säga ett eller annat.

Men Tora sprang nedför trapporna och ut på vägen till de andra, med de grova, röda flätorna som färgade hampstumpar efter sig, och en underlig, flyktig glädje inom sig.

Hon var liksom räddad. För den här gången också. Hon kunde skjuta nästa besök i butiken ifrån sig med gott samvete. Ner i magen med det!

Visst kände hon det gnaga som en råtta ibland när dagen närmade sig. Särskilt när hon låg i det ensamma, varma sängmörkret. Men i det ögonblick det just var över fanns

50

inga sorger mera.

Om kvällen, när hon kom in med valna händer och eldröda örsnibbar, luktade det bröd ned genom hela trappuppgången. Munnen vattnades på henne och hon fick stor fart uppför trappstegen.

De båda tunna, raka benen bar ofattligt gott när det gällde. Bröden låg ännu på bänken och ångade av sig.

Ingenting kunde jämföras med lukten av mors bröd. Rentav Henrik blev nästan god i ansiktet när han fick vittring på dem. Det hände han satte sig ner vid bänken och pysslade med ett eller annat. Han var otroligt duktig med den handen han kunde styra, och han hjälpte till med den andra så gott det gick. Men bara när han själv ville.

Moster Rakel menade att han gott kunde försörjt sig på att laga garn, så händig som han var, om han bara inte haft en käring som slet ihop allt som behövdes till huset. Men Ingrid svarade aldrig på sådana anmärkningar. Hon låtsades envist att hon inte hörde dem. Tora visste att om det inte varit för moster Rakel, så hade det inte artat sig så gott hos dem de tider mor måste gå arbetslös.

I kväll var de ensamma, mor och hon. Henrik satt nere i Arntsens sjöbod. Hon hade hört hans röst genom ett öppet fönster när hon smög förbi medan de lekte gömme bland tunnorna därnere.

Det var lördag och några av karlarna slog ihjäl tiden.

Tora hängde sina våta kläder till tork borta vid spisen. Hon la in några skyfflar kol, bara för att visa mor att hon ville ge ett handtag.

Ingrid sydde. Satt böjd över den gamla svarta symaskinen hon fått efter mormor.

Nu reste hon sig sakta och sträckte på ryggen med högra handen till stöd där bak. Hon såg blek och trött ut, men hon log. Det var ett riktigt leende, som om hon tänkte på något fint. Så gick hon bort till bänken och tog ett av de färska bröden. Skar med snabba, vana tag i det mjuka brödet som gav efter var gång hon pressade kniven genom den gyllene skorpan. Den var spröd och gav ljud ifrån sig varje gång, som om den bad om nåd.

Ingrid bredde på rikligt med smör och lät sockerskeden darra ovanför så det silade vitt och fint över hela skivan.

– Vad sa han, han Ottar? frågade hon och lät ännu en skiva få socker över sig.

– Näää, han sa inte nåt… Jag menar, han pratade ju med dom andra karlarna som stod där.

Tora tvekade just så länge att mor vände sig och visade det ansiktet som Tora minst av allt ville se i kväll.

– Varför säjer du på det viset? Varför säjer du inte som det är? Mor lät lite arg och ängslig.

– Vad ska jag säja då? Toras röst var mycket liten, men hon sträckte ut handen efter brödskivan som mor räckte henne.

– Sätt dej vid bordsändan och spill inte socker överallt!

Tora sjönk ner vid köksbordet och tog en assiett under smörgåsen, som hon visste att mor ville ha det.

Att hon aldrig kunde låta bli att göra mamma på dåligt humör! Alltid gjorde hon fel saker. Det var som förgjort! Och i kväll när de var ensamma och skulle ha det så fint.

– Han Ottar sa ingenting till mej. Det är sant. Om du menar han skulle säja nåt om att jag skrev upp varorna, så sa han inte nåt, hedersord!

Det blev tyst mellan dem. Ingrid hade vänt sig mot bänken igen. Sockret krasade högt mellan Toras tänder. Hon kunde inte hjälpa det, för det var så gott och hon var hungrig.

Det trummade mot fönsterrutan nu. Regnet stängde dem inne med varandra. Det var som om mamma såg det hon också, att de bara hade varandra, för plötsligt vände hon sig, tittade vänligt på Tora och sa: – Nej, det är väl så, det. Han Ottar är snäll. Du ska förresten få gå med pengarna i nästa vecka. Jag ska ha nånting för extratvätten jag tog i länsmansgården. Ja, så får jag ju löningpåsen, vet du. Du ska få gå med dom, du.

Tora tuggade och log. Inom sig såg hon minst tio belopp i Ottars bok. Men hon sa ingenting. Flyttade bara oroligt på sig och slickade i sig sockret som rasat ner på assietten. Slickade på fingret och tryckte det hårt mot sockerkornen så de följde med upp i munnen.

– Sitt inte så där, sa mor. – Det är äckligt att folk slickar fingrarna när dom äter!

Tora böjde huvudet och slutade slicka upp sockret. Det kom en knut i magen och den nya brödskivan som räcktes henne var alldeles för stor. Hon kände sig så eländig att hon inte visste annan råd än att le mot mor ännu en gång. Men det blev inget bra leende och mor såg det inte heller, för hon hade vänt sig mot bänken igen för att plocka undan maten.

Efter en stund gick Ingrid bort till bordet där hon hade symaskinen. Alltid med ryggen till.

Tora kände det tomt.

Det var som om mammas rygg alltid var ovän med henne.

– Ska jag koka kaffe åt dej, mamma? sa Tora försiktigt efter en stund.

Ingrid vände sig sakta och tittade på flickungen som om hon inte riktigt sett henne förr. Kisade lite, som om hon såg dåligt sedan ögonen vant sig vid det starka ljuset över symaskinen, och så plötsligt skulle se in i mörkret.

– Nej, kära dej… Men du kan få hjälpa mej prova den här kappan. Jag har lite svårt med ärmarna, ska jag säja dej. Hon Rakel är ju mindre än jag. Smalare. Så jag måste sätta in kilar här, ser du. Men själva vändningen gick fint. Tyget ser ut som nytt, det.

Hon höll upp moster Rakels vända, avlagda söndagskappa för Tora. Tora torkade sig fort om munnen och störtade bort till henne.

– Ja! Vad ska jag göra?

Mor förklarade och dirigerade. Hon drog på sig kappan och vred sig framför spegeln som hon hämtat in från vardagsrummet och lutat mot en stolsrygg. Tora satte i knappnålar där Ingrid visade. Den nakna glödlampan över bordet kastade en kall gloria omkring de två huvudena där de böjde sig samman.

Efter en stund var provningen över, och Ingrid satte sig vid symaskinen igen. Det dånade när hon trampade. Tora hängde över bordskanten och tittade på. Vågade det nu. Hon hade dragit sin stol ända intill och kunde följa hela processen. Mor var belåten. Kappan artade sig bra, och hon såg slutet på arbetet. Den djupa rynkan hon hade mellan ögonen försvann. Den slätades ut på ett så fint vis att Tora blev alldeles varm inom sig.

Så bad mor henne värma på kaffet, ändå. Och de pratade med varandra om hur förvånad moster Rakel skulle bli när hon fick se hur fin kappan hade blivit.

De var ännu inte färdiga när Henrik kom.

Hade inte märkt att det gick i gångdörren därnere, för de väntade honom inte så tidigt på en lördag.

Han var inte så värst full, kunde Tora se. Satte sig vid köksbordet och ville prata.

En gång gav han Tora saxen som blivit liggande på bordet när hon sist klippt av trådändar åt mor. Tora tyckte liksom inte saxen var densamma. Den här var kallare. Främmande. Det var på ett underligt vis äckligt att ta emot den. Därför gjorde hon det lugnt och riktigt. Utan att se på honom.

Hon sa högt: – Tack!

Senare frågade han hur det gick i skolan. Men då hade han redan blivit nog så sömnig, och Ingrid reste sig från maskinen och hjälpte honom i säng.

När mor och Henrik gått in i vardagsrummet, och Tora kunde se dem genom den halvöppna dörren – tillsammans, kom ett hastigt illamående över henne. Hon skyndade sig in på sin kammare och stängde varsamt efter sig.

Det var kallt därinne. Men det var tyst och ingen såg henne. Hon stod en stund mitt på golvet och tyckte synd om ängeln som hängde inom glas och ram på väggen. Den höll den ena knubbiga handen under kinden medan den tittade på ingenting.

Den var alldeles ensam.

8

Tora hade fått en slickepinne av Jenny i kiosken för att hon hämtat bunten med Lofotposten när lokalbåten kom.

Nu strosade hon sakta hemåt.

Hon såg att den klara himlen var ett mirakel och att måsarna gjorde sig till för henne över fiskhässjorna. Det gav så fin genklang ini huvudet. Hon kunde höra måsarna skrika när hon ville, varän hon befann sig. Hon bar ljudet med sig.

Men ibland var det ljusare och vänligare än annars.

I dag var en sådan dag. En dag att börja på nytt med. En dag att tänka på goda ting. En dag att springa riktigt fort, skratta riktigt högt – eller bara gå för sig själv med en slickepinne. På väg ingenstans, även om man var på väg hem.

Jenny var snäll. Hon kunde vara barsk och ful i käften. Men snäll. Det var visst ögonen. Smala springor med något grönt i. Livs levande vare sig hon var glad eller argsint.

Jennys kinder var liksom släkt med hennes äpplen. Röda. Det gulbrunrandiga förklädet var aldrig riktigt rent. Fläckar av anilin på fickorna. Alltid.

Gångdörren var öppen. Men ingen ropade att hon skulle ta av sig om fötterna. Tora stod plötsligt tyst. Det skrumpnade ihop till en hård knut i magen. Det fanns någon där, men det fanns inte någon där.

Kunde Henrik vara full mitt på dagen, tro?

Ingrid satt vid köksbordet när hon kom in. Hade den

slitna, bruna kappan på. Hon såg inte upp, det var som om hon inte la märke till att Tora kom. Hon satt med schaletten och vantarna på!

Ansiktet var utplånat. Näsan var en bläckfläck som någon bemödat sig att sudda bort, men skadan hade bara blivit etter värre.

Något av det mörka, tjocka håret stack fram under schaletten och tycktes underligt levande mitt i allt.

– Dom kan'te ha mej längre. Dom säjer jag går och skräpar för att jag inte kan ta kvällsskift mer. Jag är arbetslös, Tora!

Ingrids stämma skar gällt ut i rummet. Det fanns ett slags vanmäktigt raseri i den som inte vågade visa sin styrka, som om det fruktade att inte vara starkt nog.

– Jag vet inte vad vi ska leva av, tillade hon spakt och jämrande, såsom Tora hört henne förr.

– Ska jag sätta på potatisen, mamma?

Tora smög andtrutet fram orden.

Ifall hon låtsades att hon ingenting hört, så var det kanske bara något hon hade diktat. Ifall hon klarade att räkna till hundra medan hon sprang till källaren efter potatis, så var det kanske något hon drömt, och mor skulle stå som om ingenting hänt och bryna sås till fiskkakorna när hon kom upp igen.

Väl uppe hade hon glömt räkna och mor satt som förut.

– Om du ändå klarade dej själv om kvällarna, klagade mor, så kunde jag ha arbete!

Tora kände orden som ett slag över ryggen.

Hon skruvade på vattenkranen för fullt, så hon skulle slippa höra mera. Så rörde hon runt i den sandiga baljan allt hon orkade. Det sprängde någonstans bakom ögonen. Men Tora sköljde potatis som om det gällde livet. Som om inte hon kunde klara sig ensam hur många kvällar det än gällde!

Likväl blev anklagelsen viktig och sann, därför att mamma sa det.

Sann! Hade inte hon – Tora varit...

En underlig hudlöshet spred sig runt i hela kroppen. Och hon vågade inte vända sig om. Ansiktet var för naket. Det började med ögonen, så kände hon det ute i fingertopparna. Det spred sig fort, nådde runt i hela henne. Kändes fuktigt och kallt som när hon rörde vid mormor efter att hon var död i fjol.

Kanske hade också hon börjat dö på något vis?

Den där lukten av nejlikor?

När hon blev förhörd på läxan och måste resa sig framför ögonen på alla de andra: Visste att hon kunde läxan, ändå blev hon sakta fuktig i händerna och våt under armarna. Så kom den där sötaktiga lukten av död och nejlikor.

Ingrid hade kommit på glid nu. Pratade sig igenom hela middagsförberedelsen. Gick där dröjande med kappan och schaletten på. Tora lyssnade inte till vad hon sa, eller hon glömde det genast med vilja. Det var bäst så. För dem bägge.

Hon gick redan och gjorde sig en planka att flyta på resten av dagen. Hon skulle göra läxorna och springa rakt ner till Jennys kiosk och hjälpa till med prismärkningen.

Hade redan lovat det!

Hon ville göra sig osynlig i dag.

Men först skulle hon städa köket ordentligt så mor kunde lägga sig och vila.

Ifall Jenny inte ville ha henne där hela dagen, kunde hon gå till bodloftet och skrivböckerna.

På morbror Simons sjöbodloft fanns ett litet fönster med fyra smutsiga glasrutor i. Det släppte in dagsljuset till henne, om det nu fanns något att släppa in. Visade henne en flik av himlen. Annat ljus fanns inte.

Det hände att hon tänkte på att ta med sig en stearinljus-stump, men hon övervann sig själv.

Ingrid hade inpräntat i henne det förfärliga i att släppa elden lös. Så hon kunde inte läsa och skriva om det inte var ljust. Men ingen kunde hindra henne att sitta under den stora trasiga segelduken borta i vrån under fönstret och höra mössen rumstera mellan plankorna och väggpappen. Havet och måsarna gav också alltid ljud ifrån sig.

Inne fanns sillådor, tunnor och skrot. Man kunde göra så många konstiga möblemang av det.

Egentligen var hon alltför stor för sådant. Men ingen såg henne.

Tora tog ingen med upp på sjöbodloftet. Inte Sol engång. Sol var nog för vuxen för sådant. Så hon kände inte att hon lurade henne på något.

Hon hade en gammal yllefilt där också. Till bruk för kalla dagar när hon kunde se sina egna andetag som en kuslig och ensam rök ur munnen. Det var som om hon skulle vara ett odjur eller en förvandlad drake som blev sig själv bara när den var ensam. Hon var ändå Tora.

Hon hade flera historier i huvudet än hon kunde komma på, ifall hon bara satt där en liten stund. Några av dem var olidligt spännande. Några hade likadan början, men olika slut.

Ibland plågade hon sig med att låta dem sluta sorgligt. Då grät hon ned i yllefilten utan att det kom en tår. Hon hade så svårt att få fram tårarna. De satt liksom fastlåsta och ville alls inte ut.

Historierna låg färdiga invid väggarna, i skuggorna från lådmöblerna, mellan takbjälkarna.

De finaste hade alltid en far som kom tillbaka.

Några hade en sjuk mor som dog. Och när fadern fick veta det kom han från främmande land och hämtade flickebarnet sitt, trots att han aldrig hade sett henne. Lätt och ledigt lät hon mödrarna dö. Det var självklart att de hade det bättre i himlen.

Ensam.

Tanken var en ljuv hemlighet.

Hon hade sina dyrgripar under en kullvält margarinlåda. Tre skrivböcker som hon fått av Gunn och en anilinpenna. Men det var inte så ofta hon tog sig tid att skriva ned någon av historierna. Ofta var det för mörkt, eller så gick handlingen så fort att hon inte hann hitta ord för den.

Ibland tyckte hon det blev så klumpigt när det stod där i skrivboken, att hon strök ut det.

Det var bättre med tankarna svävande under filten och ut i luften. Tankarna var så stora i sig själva. De var det finaste Tora visste. Det kunde inte hjälpas att en och annan tanke blev hemsk och outhärdlig.

Tora hade en fin historia som handlade om att gå bortefter en väg med en nyckel i fickan. Nyckel till ett litet stängt rum. Stängt för människor. Så kom hon alltid till en bestämd punkt på vägen där hon vände och gick hem till rummet, oavsett vart hon var på väg någonstans. Hon låste upp dörren, gick in, låste efter sig.

Där fanns inga röster.

Farligheten? Farligheten kunde inte nå in i sådana rum.

Ifall någon oväntat kom att nämna *hans* namn, kunde farligheten plötsligt göra hela dagen grå och mörk, fastän hon övat sig att låta bli att tänka på det.

Ifall han plötsligt kom in i ett rum där hon var ensam innan, kunde det kännas som om någon hade kastat över henne ett smutsigt, blött tygskynke.

Då blev hon stående stelt rakt upp, tills någonting hände som löste trolldomen.

Ibland räddade hon sig genom att dikta sig in i sagan med flygande hast.

Hon var en förhäxad prinsessa som hade vederfarits något ont. Men ifall det eller det skedde, så skulle trolldomen försvinna och farligheten vara ogjord.

Ibland kunde det sänka en fin dag långt ner i tångskogen, att han hängde sina kläder vid sidan av hennes på gångväggen, eller att hennes tallrik staplades ovanpå hans när bordet dukades av.

Andra gånger, när hon trodde hon tänkte på någonting helt annat, kunde hon känna oförklarliga kväljningar bara av att se hans raklödder flyta omkring i handfatet.

Ute var det oftast bra att vara.

Där var ett annat slags liv. Man kunde springa! Springa ifrån vad det kunde vara.

Ifall det var oväder och blåst nog, kändes det som om hon flög. Hon satte bara extra stor fart, tog extra höga språng. Så var hon med en gång Tora som kunde flyga!

– Bara du blir stor nog! brukade moster Rakel och mamma säga.

Tora insåg att hon började bli stor nog. För farligheten hade kommit så nära, närmare än någonsin förr. Den var inte bara drömmar och fantasi, den fanns inuti henne. Och hon måste göra sig kvitt den. Det var hennes sak.

Så var det.

Under tiden flög hon så fort hon förmådde. Och ingen hade sådan fart som Tora i leken.

Hon fick vara med de stora pojkarna i Byn och slå boll om hon ville. Tora fångade bollen och kastade den hårt och träffsäkert ifrån sig. Var hon på gott humör fick hon skruv på den som väckte beundran.

Ingen slog så hårt som Tora, och det fastän hon såg ut

som kunde hon knäckas på mitten vilken dag som helst och tydligt luktade fisk!

Hon stack fram den spetsiga lilla hakan och lät den knotiga, stenhårda näven gripa om rågummibollen ett ögonblick eller två innan hon lät den fara. I samma ögonblick den lämnade hennes hand kände hon den vilda kraften inom sig att fara med. Kroppen var som en spänd fjäder. Hon blev så full av argsint glädje av det!

Så flög bollen, och hon blev kvar...

Men den kändes – där den träffade.

9

Eftermiddagen låg stark och blå mot rutan när Tora drog för gardinen. Hon hade fyllt det största bleckfatet till brädden med ljummet vatten. Nu stod det på pallen vid sängändan och var en glädje i sig självt.

Hon hade eldat hela eftermiddagen sedan mor gick till arbetet. Hon hade strängt taget inte lov. Ingrid menade det fick klara sig att elda ett par timmar innan hon tvättade sig. Kolet var dyrt. De hade egentligen inte råd att bränna upp kolet, de borde hellre äta det, brukade Einar på verandaloftet säga.

Tora hade lagt den stora tunnslipade bordskniven på sängen. De använde den annars till att skala potatis med. Det glimmade godmodigt-farligt i bladet.

Det fanns bara en nyckel i lägenheten, och den gick till den stora bruna gångdörren. Dörren hade två solida fält med många lager målarfärg. Den stod inuti en ännu solid karm med än flera lager färg.

Den stora gammaldags nyckeln kom till användning om de skulle resa bort. Annars hängde den vid strömbrytaren på köksväggen. Inne i rummen var det en och annan bordskniv som stängde ute. Mera som en varning att hålla sig undan, än som lås.

Tora hade letat fram den nya vita bomullströjan som hon hittills bara haft till fint. Mor sa hon fick ta den, för hon hade inte fått tvättat kläder på två veckor.

Glädjen sjönk in i Tora. Visst kunde hon ta tröjan!

63

Allting hade förresten blivit trångt på henne sista året. Den ynkliga kroppen hade lagt ut åt alla otänkliga håll, så det var alldeles galet.

Det var skamligt av henne att växa så att mor måste använda mycket pengar till nytt tyg när det gamla inte var utslitet. Det tog lång tid innan Tora begrep att det ingenting nyttade att dra in bröstkorgen, kröka nacken och skämmas.

Hon strök med handen över den nya vita tröjan. Den lyste blåaktigt i skenet från lampan på nattygsbordet. Var så mycket bättre och vitare än de gamla.

Hon hade klätt av sig. Stod vid den lilla svarta kaminen och kände värmen sno sig runt kroppen. Skönt.

Den som kunde gå utan kläder alltid. Framför kaminvärmen. På klipphällarna. I solen. Bara vara som man var, utan att någon tyckte det var konstigt eller fult.

Det kom för Tora att det måste vara det finaste av allt.

De långa grova flätorna kilade nerefter ryggen på henne när hon rörde sig.

Kring dörren fanns en tydlig springa, och ett iskallt drag strök plötsligt runt den nakna kroppen. Hon rös, stack händerna i det varma vattnet och lät sig långsamt översilas av varmt, såpdoftande vatten. Flätorna ville jämt falla ner i vattnet, men de fick vara till en annan dag. Mor brukade hjälpa henne med håret. Det var så besvärligt att skölja. Det behövdes så mycket vatten att hon måste göra det vid vasken i köket.

Gå naken... alltid... Det var nästan en ful tanke. Det fick hon aldrig säga till någon. Inte ens till Sol eller moster Rakel.

Annars var det så att moster Rakel pratade öppet om många saker som mor aldrig nämnde.

När de satt i köket och pratade – de tre, kunde det hända att Ingrid spetsade läpparna och sa: – Usch Rakel, tänk på flickungen!

Moster Rakel var av ett annat slag.

Men hon hade ju råd till det, hon som hade en man som ägde båt och bruk, ett litet vitt hus uppunder Veten och fähus med får i. Hon kunde förstås skratta.

Moster Rakel var en stor unge, brukade mor säga. Men Tora kunde inte riktigt begripa att hon inte unnade moster att vara en stor unge, för det fanns ju inga ungar på Bekkejordet.

Rakel kunde skratta. Som ett helt skred.

Man lät sig överraskas första gången man hörde henne. Det fanns otroligt mycket skratt som kom ut ur munnen och samtidigt kluckade inne i hennes mage. Och det röda permanentade håret stod som en sky när hon böjde huvudet bakåt och skrattade för full hals. Det gick en historia om att hon hade skrattat så på sitt eget bröllop att Simon måste svara ja för bägge två, i kyrkan och mitt under ceremonin. Och det för att prästen hade fått nya löständer och inte kunde prata rent när han frågade dem om de ville vara man och hustru.

Tora hörde plötsligt steg i trappan.

Hon sansade sig blixtsnabbt och satte kniven innanför dörrlisten. Det var inte säkert det var någon som skulle till dem. Hon lyssnade medan hon höll såpbiten tätt intill bröstet med båda händerna. Det droppade taktfast och nästan ljudlöst från halsen och näsan och ner på trägolvet. En och annan droppe hamnade på de små brösten och fick dem att knoppa sig.

Det tog hårt i dörrklinkan till köksdörren. Han!

Men han skulle varit nere på lagret hos Dahl i flera timmar ännu! Hon sjönk ner i vrån vid sängänden.

Om någon tog i dörren kunde han öppna den på glänt innan kniven hejdade honom.

Det gick att lirka bort kniven från utsidan. Nu strök han

längs köksväggen kunde hon höra.

– Ingrid! ropade han ut i det tomma köket.

Så han var drucken, och det mitt på dagen.

Nu hörde hon honom borta i hörnet vid vardagsrummet. Han stönade och försökte dra av sig skorna.

Gick han bara och la sig, så skulle han snart somna. Hon skulle höra stön och snarkningar genom den tunna väggen. Så kunde hon tvätta sig färdigt. Nedtill och om fötterna. Hon kunde inte resa sig eller tvätta sig förrän han sov.

Han släpade sig mycket riktigt in till sängen.

Tora satt moltyst i sin vrå. Det hade blivit mörkt i springan runt kaminluckan, men hon kom sig inte för att lägga på mer.

Någonting sa henne att hon inte skulle ge sig till känna. Hon skulle inte finnas där. Skulle vara ute på vägen, hos moster, i Byn. Var som helst. Tills Henrik hade somnat.

När han väl sov, hade hon hela huset för sig själv. Kunde låtsas som han inte fanns. Kunde stänga alla dörrar och sitta på torvlådan i köket och känna sig ren och nytvättad och splitter ny. Eller hon kunde tända lyset över köksbordet och läsa i den fina, sorgliga boken hon lånat av Gunn.

Världen kunde ännu bli god.

Hon hade suttit sig stel i benen, och vattnet hade självtorkat på hennes kropp och fått henne att småfrysa. Ännu hörde hon inga snarkningar. Kanske var han så full att han inte snarkade? Kanske var han död!? Skulle hon sörja, tro? Antagligen. För att mamma skulle sörja.

Henrik fanns. Hon kunde inte kosta på sig någon undran om den saken. Hon sa Henrik till honom. Andra ungar sa pappa till mannen som fanns i huset. Tora blev plötsligt glad att hon aldrig kallat honom pappa. Visste inte riktigt varför. Det var något med hårda händer, något med dröm och verklighet så tätt och mörkt sammanvävda att det blev outhärdligt.

En tung knut, ett vilt tryck ända ner i skrevet.

Hon ville att det skulle vara sommar och ljust hela dygnet när hon hade det så. Samtidigt ville hon gömma sig i mörka vintern i den mest undanskymda vrån som kunde finnas.

Nej, hon fick lägga i kaminen. Henrik sov nog nu.

Det var bara glöd kvar, så hon krafsade ihop lite gråpapper och la in ett torvstycke för att få eld.

Det hade blivit kyligt i rummet och hon huttrade och frös för att hon inte hade torkat sig.

Såplöddret flöt i handfatet som en stelnad klump grodrom. Vattnet var kallt. Ändå vred hon ur tvättlappen och tvättade sig i skrevet och baken. Snabbt och tyst och nästan utan att andas. Hon fick gåshud där tvättlappen for fram. Så var det fötternas tur.

Mor var alltid så noga med att tvätten gjordes i rätt ordning. Ansikte, öron, hals, bröst, armar, rygg. Och så nedtill, som hon kallade det.

Till sist de tunna benen och fötterna. Ända upp under knäna, även om det var senhöst och stövelväder aldrig så mycket.

Hon vågade aldrig smita undan.

Det var som om mor kunde se genom kläderna hur Tora tvättat sig.

Hon hade flyttat fatet till golvet och stuckit ner bägge fötterna. Då hörde hon honom vid kammardörren.

Det var som om hennes huvud svällde upp. Blev stort och oformligt och flöt iväg så hon tappade styrseln över det. Inte en enda tanke mera!

Det dunkade i blodådrorna på halsen och tungan svällde liksom upp i huvudet som inte fanns där. Fyllde hela svalget.

– Tora... kom det osäkert och försiktigt.

Hon svarade inte. Det fanns ingen i hela världen som

hette Tora. Hon hade flugit in i ingenting. Det fanns bara en stor tystnad.

Kniven innanför listen rörde sig sakta. Hon såg och såg. Att dörren öppnade sig. Såg honom vältra in som ett stort ludet berg. Hon höll såpbiten intill kroppen. Försökte skyla sig med två tunna armar och en såpbit.

Så bara andades det i rummet. Andetagen var nattljuden i huset. Nu var det dag, men...

Mannen hade inte något ansikte. Handfatet välte. Den friska armen var beredd att duga för två.

En gång kom en röst någonstans tätt intill hennes huvud:
– Du ska inte vara rädd. Jag ska bara... jag ska'nte köra in han riktigt... jag ska bara...

Den flådda katten ute på vägen.

Det nyttade ingenting mera att gömma sig i någon vrå. Det fanns inget skydd.

Det var samma hand som hade räddat henne från kajkanten, det var samma hand som höll henne ute på Hesthammeren, som gav henne fart i gungan under de stora björkarna bakom huset, samma som hade gett henne örfilar och hjälpt henne med många saker. Den växte omkring henne, runt henne, i henne. Blev till ett formlöst och brännande stim av maneter som hängde på henne och överallt.

När han gick in till sitt med kläderna hängande om kroppen, hade han ännu inte något ansikte. Bara ett stelt flin dinglande i luften mellan honom och byltet i sängen.

Tora förstod att hon var död på ett vis.

Likväl tog hon tvättlappen och gned bort det halvtorkade spåret på yllefilten i sängen. Hon gned och gned för att få med allt.

Den flådda katten. Bertelsens hund hade fått tag i den ändå. Släpat den länge genom gyttja och smuts. Sedan låg den länge i diket.

Det var visst kattens egen skuld. För att ingen ägde den och passade den. Den verkade på folk, så att de flådde den. Verkade på hundarna, så att den blev släpad runt i smutsen.

Det var så det var. Någon hade bestämt det för länge sedan. Det gick inte att komma förbi.

10

Bekkejordet låg inne under Veten med björkkrattet och de vilda hedarna nära inpå de översta gärdena. Husen låg mitt i slänten, vitmålade och välskötta, med stora dubbelfönster både i köket och vardagsrummet. Fähuset stack av, rött i färgen och med ett solfjäderformat fönster uppe på höloftet.

Det berättades att Simons farbror fått ett storkarlsaktigt infall en gång när han varit i Gudbrandsdalen hos sin syster, och härmat fähusfönstren därifrån.

Simon ärvde gården och markerna och bryggan. Han var inte precis högfärdig, men han gick inte med mössan i hand för någon heller. Han lejde folk i arbetstiden, och höll småbruket i hävd.

Han hade råd till det, knotade folk. Simon gjorde bra med pengar. Han var inte ens med i fisket, utan hyrde manskap och kapten. Själv satt han med papperen, fiskuppköpen och kontrakten. Han hoppade liksom torrskodd och alltför lätt från det ena till det andra, menade folk i Byn. Simon på Bekkejordet och prästen, de hade råd att leja folk i arbetstiden! Nåja, den eländiga, jordiga potatisen skulle Rakel ha äran av. Hon gjorde allt utom plöjde. Medan prästen hade mjölkkor och anställd dräng, hade Simon fähuset fullt av får som han släppte på fjället om sommaren. Någon skillnad måste det också vara på Simon och prästen. Det skulle bara fattas!

Ingen kunde beskylla Rakel för att slå dank, eller dricka kaffe veckan runt i finrummen. Rakel skötte sina får själv och hade namn på vart endaste ett. Varje höst i slakttiden

70

lejde hon den bästa slaktarkarlen från Breiland. Själv rörde hon blodet, medan hon snyftade och grät och hutade åt alla som kom i närheten.

Varje eftervinter låg hon på alla fyra i de rensopade kättarna och drog de arma, slemmiga kräken till världen, medan hon grät lika mycket och torkade sig med handloven under näsan. Rakel hade sin egen fastetid, stick i stäv med andras skick, hon åt inte fårkött i slakttiden.

Uppe på loftet, där planen varit att alla hennes ungar skulle husera eftervart som de såg dagens ljus, där stod vävstolen. Den var stor och grönmålad, och Rakel nästan försvann när hon satte sig vid den.

Vart år blev det stor spänning om vem som skulle vinna Rakels gåva till det stora jullotteriet för sjömansmissionen. Den bestod alltid av flera alnar färdig mattväv. Allt i en längd. Fint avstämda färger, inte en enda brokig oreda av hoprafsade trasor, som det brukade bli när andra kvinnor slog ihop en mattväv. Nej, som ett konstverk av färger och mönster, melerade fält och strimmor som omsorgsfullt återkom med lika många inslag.

Innan strömmen kom till Ön susade två paraffinlyktor samtidigt däruppe på loftet, vintertid. De som tog genvägen mellan Øvergården och Byn kunde höra att det slog lustigt och livsglatt däruppe.

Ibland tystnade det, medan det lyste lika starkt ut genom de stora fönstren. Då stod Rakel över sina trasaskar och la det ena nystanet intill det andra och valde eftertänksamt färg och tjocklek.

Saknade hon just den färgen eller den tjockleken hon satt sig i sinnet hon skulle ha, så flög hon mellan gårdarna och tiggde och bytte. Eller hämtade hon den stora baljan från källaren och gav sig färgningen i våld.

71

Hon hade skällt ut stackars Ottar i butiken mer än en gång för att han sölade med att beställa de färger hon behövde. Det hände att han blev arg för det, men han sa ingenting förrän Rakel och hennes handlarväska var tryggt utom hörhåll.

– Jag tycker hon är storkrävande, den där Simons käring! kunde han säga.

Ifall det fanns tillfälliga kunder som hörde orden dröjde det ändå inte lång stund innan han tog sig i kragen och reparerade skadan: – Men hon är inte direkt stor av sej heller. Hon är ju ofta hjälpsam och på gott humör. Men hård i käften. Det passar inte för en som har det beviljat som hon Rakel. Inte kommer hon av storfolk heller. Men det är ju länge sen. Jag ska inte vara den som drar fram tyskeländet. Hon Ingrid, stackarn... Det är länge sen. Och hon *Rakel* betalar kontant! Men hon käftar ner fiskarkarlarna på han Simons bruk, må du tro. För att dom inte torkar av sej om fötterna när dom kommer in på kontoret. Hon kallar dom rövhålspack och frågar om dom är födda i lappkoja! Vad ger du mej för det? Det passar sej inte, säjer jag. Och han Simon står bara och flinar och säjer att dom får rätta sej efter hon Rakel, för det är hon som är chef över golvvasket! Det är bara fisken som är mitt gebit, säjer han. Vad ger du mej?

Snön virvlade upp i drivor kring husen och skenet ur fönstren låg blåaktigt och ensligt över skaren så snart det giriga dagsljuset försvann.

Frosten hade äntligen fått grepp om Tusenhemmet också. Den bet jämmerligt i gångarna och pustade en till mötes ur hålet i dassbänken. Alla hade glömt att de önskat den då rådimman stod som värst under förvintern. Alla förnekade frosten nu när den kommit. De kurade ihop sig mellan väggarna och gick i mörka källarhål efter mera bränsle.

Strax före jul lejde Rakel Tora till bakkäring.

Tora smorde formar till mandelkakor och var röd och glad. Det doftade givmilt från det höga sockerbrödet som stod på bänken och svalnade i bleckformen. Det skulle vara till annandagen. Då brukade Rakel sätta bägge skivorna i matbordet och duka rikt och överdådigt åt släkt och vänner. Hela eftermiddagen brukade folk komma och gå, allt eftersom de hade göromål att passa i fähusen eller ungar som skulle tvättas och läggas. Det sa sig självt att det måste bli flest vänner, för Tora och Ingrid var bara två. *Han* var aldrig där.

Tora trodde han var rädd för moster Rakel, och att han inte gillade Simon för att han hade två friska armar. Men hon var inte alldeles säker.

Tora var noga med att formarna blev ordentligt smorda. Följde fårorna i varje enskild form med smörpapperet innan hon ställde dem ifrån sig.

– Jag tänkte jag skulle bjuda hon Jenny i kiosken denna julen. Hon sitter där på loftet i Tusenhemmet, och har ingen att prata med, vad jag kan se. Hon är ingen omänska för att hon skaffat sej lösunge.

Tora blev brännande varm. Lösunge!

– Jag tycker jäntan klarar sej bra. Hon lägger sej inte fattigvården till last, nej!

– Hur då? Tora fick äntligen mål i mun.

– Hon tjänar pengar själv, i kiosken.

– Var... var har hon lösungen ifrån?

Rakel skrattar och tittar hastigt bort mot Tora.

– Han kom väl med en liten skvätt kärleksdroppar, han som andra ungar. Bara det att fadern inte ville ha hon Jenny.

– Varför ville han inte? frågar Tora oroligt.

– Vad du frågar. Han var visst redan gift, tror jag. Dom säjer han inte är härifrån. Dom säjer det är han som reser

73

med bygdebion. Det kan gott vara. Jag får sist höra skvallret. Det är ingen som kommer till mej med sånt. Dom begriper väl...

Rakel hejdar sig tvärt och flyttar energiskt på formarna som Tora har smort.

Mildheten och värmen på Bekkejordet rann fort ut genom fönstret, tyckte Tora. Orden och skammen följde henne ända in i moster Rakels kök.

Skammen! Som gav ungarna rätt att skrika efter henne på vägen: "Brinn, brinn i Toras hår, brinn, brinn, mor hennes låg med tysken sin!"

Tysk var det värsta ordet här i världen. Värre än att vara från barackerna i Nordsund. Värre än att vara "fyllhund" i fisketiden. Värre än att vara Kiosk-Jennys lösunge.

Det var själva frosten.

Det var visst bara Tora på hela Ön som var tysk.

En gång hade Ole blivit ilsken för att han inte fick låna hennes nya radergummi. De satt och skrev diktamen.

– Din snåla tyskunge! hade han farit ut mot henne.

Då hörde de genast Gunns filttofflor mellan bänkraderna. De stannade mellan Ole och Tora.

Hon hade ingenting sagt, och Tora hade hon inte ens tittat på, men Oles öra fick ett illrött nypmärke och nackhåret stod rakt upp – länge.

Hur underligt bakvänt det än var, så var det den gången Tora till fullo begrep hur galet det var att vara tyskunge. För hon hade aldrig sett Gunn sådan. Det var så en rädd stackare sjönk genom golvet.

Ole skrev då också hela timmen till slut utan att titta upp, och utan att få det felaktiga ordet utsuddat.

Rakel betraktade flickungen över bakbordet.

Så kom det mjukt: – Du blev väl inte lessen, barn?... För

74

ordet jag sa?

Tora kände att tårarna tryckte på. Det var den där omtanken i mosters röst.

Orden flög ur henne istället för tårarna. Det var som om de legat där bakom en låst dörr, redo att hoppa ut bara någon gläntade lite på dörren: – Vem var han, far min?

Rösten blev inte sådan den skulle vara, den lät alltför andtruten och sliten.

Rakel stelnade till. Det var som om någon hade stängt av henne. Om det så bara var den lilla luftströmmen som jämt silade ur mungipan på henne när hon var upptagen av arbete hon tyckte om, så hördes den inte.

– Vad – vad menar du? Det kom trevande, mest för att vinna tid.

– Jag menar han riktiga far min.

Tora hade givit sig ut på djupt vatten, det var bara att hålla sig flytande. Det fanns ingen tid att vända tillbaka. Rakel torkade händerna omständligt på det snövita bakförklädet och sjönk sakta ned på närmaste stol.

– Har inte mor berättat om far din?

Deras ögon sökte sig lika osäkert in i varandra, varsamt.

– Nä... hon mamma har ju så mycket – hon har så mycket att stå i. Hon har inte tid!

Det sista kom med rasande fart, som en planka hon plötsligt hittade till räddning.

Även om hon förrådde mor aldrig så mycket, så måste hon ha besked. Måste ha den styrka det var att *veta* – när alla hånorden haglade utan att hon rådde med dem.

Rakel satt tyst. Hon hade hela tiden blicken på Tora. Det var som om hon tvang sig att inte titta bort. Så kom det:
– Nå. Ta ut kakan ur ugnen, Tora! Kom så och sätt dej. Det här blir mer än en bakardag.

Och Tora gjorde som Rakel sa, fastän armarna kändes som om de var fästade vid kroppen med utslitna resårband.

Fötterna skrynklade till mattorna där hon klev.

– Far din, började Rakel osäkert, far din var en vanlig man med svart hår och blå ögon och breda axlar. En fin man. Mor din och han blev förtjusta i varann. Han var inte vanlig soldat.

Rakel tystnade, hon vände blicken mot springorna i luckan på järnspisen. Så kom det fast och beslutsamt: – Men han var hitskickad till landet för att överfalla oss, så han *var* en fiende! Hur han än uppförde sej, eller hur han än såg ut, eller vem han än blev far till! Den gången var han en fiende! Även ifall han blev kär i mor din och... Han morfar fick aldrig en glad dag efteråt. Han dog i tuberkulos, vet du. Fredsvåren. Hon mormor din grät och allt var bara spektakel när det stod klart att du var i antågande. Du måste förstå, Tora! Det var en svår tid på många vis. Det fanns så mycket hat. Folk fick lära sej hata och överleva. Efteråt, när det blev fred, så hittade folk syndabockar att låta hatet gå ut över. Mor din gick bort sej i allt det där, och jag vet inte om hon riktigt kommit ut ur det än.

Det sista kom knappt hörbart.

Det var tyst i köket hos Rakel ett ögonblick.

– Men vem var han? Var – var är han nu, moster? Tora viskade fram orden.

– Vänta nu, Rakel harklade sig. – Mor din och han skulle resa till Oslo där han hade vänner hon kunde bo hos medan hon fick dej. Här fanns ingen plats för er. Dom trodde att kriget skulle sluta, dom också. Så skulle dom fara till Berlin där han hade familj och hem.

– Ja?

– Dom kom inte så långt. I Trondheim gjorde dom slut på far din, Tora...

– Slut på! Vem gjorde det?

– Vi har aldrig fått det uppklarat. Sånt var aldrig viktigt

att få uppklarat efter kriget. Hur fienden togs av daga. Huvudsaken var att dom var borta! Men det kunde kanske ha varit hans egna – lika gärna...

– Hans egna?

– Ja, han hade inte lov till det han gjorde. Han smet undan för att följa mor din till sina vänner, sånt var ingen lek för en man i tysk uniform. Mor din fick ett brev stucket under dörren på pensionatet där hon bodde. Med många fula ord och att han var – död.

– Död! Det var som om det nu först gick upp för Tora.

– Ja, Tora. Och så gick mor din genom halva Norge hem igen. Mest på sina egna fötter. För pengarna hade *han* haft på sej. Och du låg i magen på henne, och solen sken inte mycket, skulle jag tro...

– Men är han död, moster? Är han död *ännu?*

Rakel stirrade misstroget på flickungen. Så reste hon sig och gick sakta runt bordet till Tora.

– Kära dej Tora, kära – kära Tora! Du vet att vi tycker om dej. Han stackars morfar dog ju, men hon mormor minns du. Hon var snäll, Tora. Inte sant? Ingen får kröka ett hår på huvudet ditt.

Rakel log försiktigt. Men det var som om hon inte nådde fram med det hon sa.

– Han var ingen ond man, morfar din, må du tro. Det var hon Ingrid själv som ville flytta härifrån. Hon kände så hemskt av folks prat. Jag har många gånger tänkt på hurdant det kunde varit om din verkliga far var son till han Vilar, som han Simon är. Om han hade varit norsk och allting.

Tora kände ingenting. Hon såg bara Rakels mun röra sig i rasande fart. Fortare och fortare. Det var som hon skulle kvävas av att se på.

Så var det likväl bara något hon hade drömt uppe på

sjöbodsloftet. Diktat och drömt. Gett honom namn. Ansikte. Allt.

Pappa.

Det fanns ingen pappa. Hade aldrig funnits. Han var död redan innan hon föddes!

Skulle hon då ingenting ha? Var det detta som var meningen? Munnen grimaserade som om hon skulle till att gråta, men det kom ingenting. Så reste hon sig från stolen där Rakel stod och höll om henne, gick fort över golvet och bort till dörren. Hon mindes inte kappan som hängde på farstuväggen, skyndade bara ut i snöyran och stängde dörren noga efter sig.

Det hade blivit ett stort hål i henne. Det nyttade ingenting att krypa upp på sjöbodsloftet och dikta bort det.

DÖD!

För Tora var det värre än farligheten den här gången. För det var något fint som gått förlorat – för alltid. Allt det onda – det kunde man tvinga sig att glömma. Det kunde man fly ifrån, springa över prästgårdsgärdet som en vind, tjuta mot blåsten som en galning, slå boll, kasta så hårt att folk jämrade sig – om man så bara räckte dem till armhålan. Hon kunde sitta lugnt inne på sjöbodsloftet med all farlighet i världen, stirra in i den grå himlen tills allting försvann och det blev dimmigt och likgiltigt alltsamman. Men det här orkade hon inte. Detta var hennes glädje, det endaste hon verkligen brydde sig om att äga – som var dött och borta för alltid.

Tora kände en ond, tung längtan i sig efter någonting att slå på. Sparka, tvinga livet ur. *De* som hade gjort detta mot henne!

Och med ens insåg hon att det ingenting tjänade till att ge ett gammalt ungdomshus skulden för det som fanns eller inte fanns. Det var människorna! Det var de som bar skulden. Människorna skulle man frukta och fly ifrån.

Det var de som gjorde allt dött.

Rakel fann henne sammankrupen invid fähusväggen. Som en kvarglömd hösäck. Blåsten och hagelvädret bet otäckt. Piskade de bara händerna och ansiktena. La sig i håret – för att i nästa ögonblick sopas bort av nästa kastvind.

Det var oväder. Det bet. Men de kände inte efter *det*, de två. Hade andra ting att tänka på.

Rakel var för första gången på länge osäker om vad hon skulle göra.

Bägge teg. Tora blev stöttad inomhus, tinad och påklädd. Rakel höll hårt om henne hela tiden.

Vägen till Tusenhemmet var lång.

– Vi är tre kvinnor kvar i familjen, sa Rakel myndigt.

Hon visste att om någon skulle säga något, så måste det bli hon.

– Vi har så mycket vi borde ha pratat om.

Hon hällde upp kaffe som hon själv hade kokat, och bjöd runt till de andra båda av Ingrids dyrbara julkakor – rakt ur burken. Det kom inte ett ord från Ingrid. Hon hade sett med en gång när flickungen och Rakel kom in genom dörren att något galet hade skett.

Henrik hade gått ut som han brukade när Rakel kom. Det var Rakel som fått Tora under täcket, kokat kaffe och bjudit till kaffestund vid Toras säng.

– Jag vet inte om jag tagit miste i dag, Ingrid, eller om det är du som har försummat dej som inte haft vett att berätta för ungen vem som är far åt henne? Men nu vet hon det så långt jag förmår. Och jag vill gärna höra med egna öron att du är överens om det jag sagt, så du inte efteråt kan säja att jag far med lögn. För det är du som är mor åt henne. Det är du som ska berätta att den här saken har vi grälat oss igenom allihop, och att hon inte ska gå omkring och skämmas över den far hon en gång skulle haft om allting gått rätt till. Att Vår Herre, karlarna och djävulen styr om kriget och liken här i världen, det ska inte vi kvinnor gå och skämmas över. Det är inte vi som ska böja nacken. Det är vi som måste se längre än till lögn och hemlighetsmakeri och hellre stötta varann. Hör du det, Ingrid?!

När Simon kom hem sent på kvällen, blöt och trött, men med hälleflundra, båt och manskap bärgade till julen, stod Rakel ännu med kakbaket. För eftermiddagen i Tusenhemmet hade blivit långvarig.

Hennes röda hår stod trotsigt ut ur sjaletten. Ansiktet var mjöligt och hårt i kanterna. Den lilla halvmåneformade munnen drogs ut i ett slags ofrivillig grimas när hon betraktade mannen.

Simon såg att humöret var på bristningsgränsen därinne i köket, men han smög sig inpå henne bakifrån för att muntra upp henne med en aldrig så liten fiskrensarkram som han brukade reta henne med innan han fick bytt om från sjöstället.

– Huta dej ut! I dag vill jag spy när jag ser karlar! Jag bakar till jul, och det ska jag fortsätta med tills jag ser annorlunda på allting!

Simon flinade så smått, men utbrottet gjorde honom osäker. Det måtte ha varit stora saker i görningen. Han kände Rakel.

Han vrängde av sig de blöta kläderna, tappade varmt vatten i den stora zinkbaljan och bar in den i spiskammaren som de fått inredd till ett slags tvättrum. De hade ett nymodigt handfat med varmt och kallt vatten. Men när kroppen skulle tvättas tog de zinkbaljan in dit. Han tänkte så smått på att få badkar installerat till sommaren. Det var inte många som hade sådant i Byn. Men man behövde inte skylta om det, förstås...

Simon skrubbade sig rejält, och passade sig noga för att be om ryggtvätt eller klädombyte. Till sist bar han de smutsiga plaggen till lådan i farstun. När han kom in i köket berättade han om fångsten som om han ingenting sett och hört av Rakel sedan han kom hem. Men hon donade med sitt och låtsades ingenting höra. Så tillfogade han något om den förbaskade stora och rostiga kroken han varit enfaldig nog att köra in i handloven.

Rakel skruvade och vred sig, så for hon på dörren och kom tillbaka med jod och gasbinda och la förband som om han var en liten barnunge.

Berlinerbröden blev så vidbrända att Simon och katten fick hela plåten till nattkaffet.

Och medan allt detta stod på brast fördämningarna i Rakel. Simon fick hela den bedrövliga historien, och flickungen Toras besynnerliga uppförande vid fähusväggen.

Och Simon förlät henne ögonblickligen att han blivit uthängd som syndabock för all världens krig och elände och faderskap. Fastän det sista var hans högsta önskan.

När de äntligen kom i säng var Rakel som en darrande äng av varmt, sipprande vårregn, jord och blomster. Och Simon tog emot alltsamman och fyllde sina sträva händer och den skadade handloven med all jordens härlighet. Och det fast de var mitt i advent.

Simon var en lycklig man.

11

I Tusenhemmet hade varje ljud och rytm alltid en eller annan publik.

Man kunde aldrig säkert veta vilken vändning ljuden skulle ta. Där fanns alltid överraskande moment och osäkra faktorer. Ofta var det hemliga drifter och dolda meningar i kvälls- och nattljuden. Man kunde ta grundligt miste emellanåt, om man försökte tolka ljud man inte var avsedd att höra.

Skratt och gråt var enkelt. Likaså svordomar och psalmsång. Kranar och fotsteg, dämpade samtal och skrap mot golv och väggar, var det värre att bli klok på.

Några av invånarna hade föga att dölja, tycktes det. De lät ljuden fritt slippa ut i trappuppgångar och genom fönster. Det var gärna de som stod för dagsljuden.

När lamporna släcktes de långa kvällarna före jul var det som om ett dämpande ylletäcke las över ljuden.

Vid elvatiden en kväll var det plötsligt någon som grep tag i farstudörren därnere och kom med bestämda, hastiga steg uppför trapporna. Det gjordes inga försök att kliva tyst. Det var mitt i veckan, och flera av karlarna var borta på tillfälliga arbeten eller satt någonstans nere i Byn.

Tora och Ingrid var ensamma hemma. Ingrid sydde ny klänning åt Tora. Den skulle vara till jul. Den var vänd av Rakels avlagda. Men färgen var varm och grön, och Tora trodde hon skulle tycka om den fast tyget kliade.

Det hade varit så tyst hos Elisif hela kvällen. Så de hade

pratat om att Elisif nog var på möte och att Sol fått småung-
arna tidigt i säng, som hon brukade när hon var ensam med
dem.

Tora stack försiktigt näsan ut genom dörren, trots att
Ingrid sa att hon skulle hålla sig undan. Hon kände väl igen
gammelbarnmorskans kappfåll och galoscherna hon hade
utanpå tofflorna.

Så det var Elisif som skulle ha sin sista unge! Torstein –
som skulle vara far, hade gått ut för lite sedan. Men det
hade ingen märkt.

Ingrid suckade, och såg ängsligt upp mot taket efterhand
som stönen däruppe blev mer och mer högljudda. Elisif var
annars inte den som bar sig åt så värst i barnsäng. Hon hade
rutin, stackarn, menade Ingrid.

Omvänd hade hon också blivit sedan sista gången hon
gick på det viset. Pingstvän och upptagen i församlingen av
Guds nåde, som bara är de utvalda förunnat. Döpt i Hest-
vikelva till härlighet och fröjd. På den gamla ekkommoden
som hon ärvt efter en släkting hade hon en grön glasskål där
hon förvarade sina "manna" på tryggt håll från de små som
jämt rasade runt över golvet. Var dag drog hon ett "man-
na" med påtryckt hänvisning till skriftord och inrättade
hela familjen efter vad skriftordet befallde. Värst var det
ifall det kom upp någonting ur Gamla Testamentet. Elisif
försökte av och till förklara för Herren att hon inte kunde
läsa högt för de stackars oskyldiga små om hor, stening och
satans verk. Ibland verkade det som om Herren lät nåd gå
före rätt, för hon drog ett nytt mannaord till hans ära och
slog upp ett annat ställe ilande kvickt.

Tora hade ofta hört Elisif säga att hon la allt i Guds
händer. Men hon såg nog att hade inte Sol varit, så hade
Gud fått mycket skitarbete att göra. För det fanns nog att ta
hand om – hos Elisif.

Inte kunde Tora begripa att någon vågade lägga så otäcka saker som barnafödsel – i Guds händer, och själv inte tänka mera på saken.

Ingrid tyckte visst också att det borde gå genom kvinnohänder, för när barnmorskan kom nerfarande och bad henne hjälpa till, drog hon på sig ett rent fryseriförkläde och sprang uppför trappan.

De som hjälpte Elisif den natten kunde berätta att hon legat och bett sig genom flerfaldiga timmar och många flera födslovärkar. Bett om en vacker pojke, stor och välskapt och till Guds ära, så hon kunde skicka honom som missionär till de ofrälsta.

Men vid sextiden om morgonen slets luften i stycken av ett djurskrik. Det gick genom alla skallar i hela Tusenhemmet. Och envar tänkte sitt.

Det var Elisif som inte orkade hålla på det himmelska längre. Hon måste släppa till det endaste hon hade att hjälpa sig med. Urskriket. Det första verkliga skriket i världshistorien. Luft som pressas fram av varelser i stor nöd, människan övergiven av Gud, ensam med sin smärta. Den striden som ingenstans står nedtecknad som någonting särskilt, för att härförare aldrig skriker för nytt liv.

Hon fick en dödfödd, blå och skevhövdad liten flickunge.

Alla gick tyst i dörrarna när det blev känt.

För pingstvän eller inte, Elisif var en av dem. De unnade henne bättre efter striden. De bjöd in till sig de sju som hade liv, kokade vattenchoklad åt dem och frågade om de fått tröjor eller vad det kunde vara – till jul. Och stackarna skakade på huvudet allihop och åt och drack och lät sig kläs upp i det skåpen och pappaskarna hade av överskott.

Den morgonen Torstein gick ut genom dörren med den lilla trälådan som skulle vara kista – på axeln, gick ungarna och kvinnorna som kunde komma ifrån, bakom honom. De var tysta. Det sjöngs inte en enda psalm förrän prästen stämde upp. Han stod på en frusen jordhög i alltför tunna svarta skor och sjöng de första verserna ensam. Så var det som om de besinnade sig, kvinnorna – och stämde upp ett lågmält, molande läte som mera liknade ett vanmäktigt hot mot en alltför stor övermakt – än en psalm.

12

Ingrid skurade köket. Tora satt i kammaren med öppen dörr och besvarade 25 frågor om "Asiens människor, djur och kultur". Ångan från det skållheta vattnet drev in genom dörröppningen. Hon kände den skarpa lukten av salmiak och den fina, trygga doften av grönsåpa.

Ingrid stod uppe på köksbordet på en pall. Hennes händer låg platt mot taket med den gråa trasan mellan sig och den smutsgula ytan. Det fanns tydliga fläckar och stor skillnad mellan fälten där såpa och vatten hade gjort sitt, och där det ännu hängde ett halvårs tobaksrök, matos och koldamm.

– Tänk att det kan bli så mycket skit efter tre människor! Ingrid suckade och rätade som hastigast på ryggen.

Köksbordet och pallen vickade hotfullt när hon tog ett litet steg framåt. Så blev allting lugnt och hon återvann balansen för både sig själv och möblemanget. Bara det våta klatschet från trasan hördes jämnt och smackande. Ibland vred hon ur, eller bytte klut och strök över ytan med sköljvatten. Då var rörelserna snabbare och lättare och bar liksom i sig en suck av lättnad över att ännu ett stycke blivit rent och putsat.

Tora kom inte igång med Asiens land och folk och kultur. Till sist kikade hon förstulet ut mot modern och drog det stora uppslagsverket ur pappränseln. Gunn hade lånat henne sitt eget. Det innehöll A och B. Därför passade det att be om att få låna boken just i dag.

Men Tora slog inte upp Asien. Hon hade redan gjort sig ett litet märke på B.

Boken låg framför henne och var underligt levande – och samtidigt avlägsen och främmande.

Pekfingret följde de kursiverade bokstäverna tills hon fann vad hon sökte. Uppslagsordet med flera spalter kartor och bilder och en mängd små bokstäver. Berlin. "Det tidigare rikets huvudstad ligger i Brandenburg, vid floderna Havel och Spree", läste Tora.

Kartan var ett brokigt mönster i tre gråtoner med en mängd sällsamma namn. Hon satte bestämt fingret på ett område i utkanten: Schönhausen – och slog sig ner där med allt hon hade. Där fanns farmoderns hus! Just *där* som en osynlig prick på papperet. Mitt emellan Frankfurter Allee och Greifswalder Strasse. Tora log.

De svåra, främmande namnen formades omsorgsfullt i munhålan, men inte ett ljud slapp ut.

Så lät hon fingret glida längs raderna i texten. Läste om byggnader och gator. Hon bemödade sig att leta fram dem på kartan eftervart. Så slöt hon ögonen och tänkte på någonting annat. Efter en stund öppnade hon dem igen och försökte hitta namnet på kartan i en hast och rabblade inom sig upp vad som stått i texten.

Farmor hade kommit till henne dagen innan när hon satt på sjöbodsloftet och bet i anilinpennan. Det var när hon tänkte på den kvällen hon fick veta att pappa var död. Då hade det kommit fram att han var från Berlin, att han pratat om en bror och en mor. Annars visste Ingrid ingenting om hans familj, eller vilken adress han hade. Han hade sagt det, men Ingrid mindes det inte.

Rakel hade föreslagit att de skulle spåra upp släktingarna. Det visste hon att andra gjort. Efter tio års fred var det på tiden, menade Rakel.

Men Ingrid skakade på huvudet och såg ner på händerna.

– Dom lever sitt liv, jag lever mitt.

Det kom hårt och bittert och utan hopp.

– Han Henrik är ilag med mej, tillade hon. – Det är inte säkert han skulle gilla det...

– Ja, men Ingrid, det är ingenting konstigt om flickan vill veta nåt om sin egen släkt på farssidan! Vad slags folk hon är av! Jag tycker vi kan försöka hjälpa henne, så hon får veta besked.

– Nej! Ingrids röst var som ett rop.

Rakel rätade på ryggen och knep ihop läpparna.

– Bara du inte ångrar dej en dag!

Tora hade suttit under täcket och betraktat de två kvinnorna. Hon kunde inte hjälpa att hon kände större glädje när hon tittade på moster än på mamma.

Såg hon på mor – arbetade sig en klump från magen ända upp i halsen. Ett slags jämmer.

Det gjorde henne rådvill och otrygg.

Så kom det sig att Tora måste leva med otryggheten, för mor gick inte att komma förbi. Men hittade flickan en smula trygghet på vägen, så plockade hon upp den med varsamma händer – och visste att den bara var till låns en timma eller två.

Vid sängkanten den kvällen när hon fick veta besked, var det Rakel som störtat henne i havet, men det var också hon som hade dragit upp henne i ett slags öppen båt av trygghet. För moster Rakel kunde man prata med.

Och farmor fanns!

Hon kom livslevande in mellan takbjälkarna och gav sig till att prata med Tora. Hon sörjde också pappa. Hon hade aldrig glömt honom. Hon skulle skicka Tora biljett till Berlin så snart hon var färdig med skolan. För det var bäst att hon gick folkskolan någonstans där hon förstod språket.

Tora höll med om det. Dessutom skulle mycket ordnas. Det var den allra bästa stunden hon någonsin haft på sjöbodsloftet.

När hon gick hem i mörkret visste hon precis vad Elisif menade när hon pratade om fred i hjärtat.

Det föll henne inte in att koppla ihop Gud med det.

Tora hjälpte mor med väggarna. Hon sköljde och torkade efter mors knappa order. Asiens länder och folk var undangjort, om också inte med stor flit.

– Hon moster Rakel sa jag skulle få en lammrulle till jul! gick hon på.

Modern vände sig om. Det var inte så mycket kvar nu. Svetten sipprade ur pannan på henne.

– Hon sa jag skulle ha'n i lön för baket!

För sent mindes Tora att hon nämnde *den* kvällen.

Ingrid hade inte sagt något om fadern sedan dess. Det hade liksom lagt sig en sårskorpa över det. Och Tora kunde inte förmå sig att fråga mera. Var rädd skorpan skulle spricka och såret börja blöda.

Men ingen kunde neka Tora att säga: Wilhelm – inom sig. Hon gömde det namnet nära, nära – som om det var en skadad måsunge ingen fick veta om, för då sparkade de ihjäl den.

Ingrid och Tora satt till sist vid vasken och drack te. Tyst och gott med rödnariga händer och trötta ögon. Under tiden drev ångan från det nyskurade rummet ut genom fönstret som stod på glänt. Flöt ut i den kalla kvällen och la sig under takskägget i konstfärdiga, vågiga små tappar. Det klingade spröt och vemodigt när vinden rörde dem och stunden gick.

Lamporna släcktes i Tusenhemmet, den ena efter den andra. Tora lyfte det spetsiga lilla ansiktet med den stora näsan och kom Ingrid till mötes. De hade uträttat mycket. Det luktade rent, och det låg en ärligt förtjänt flottring på ett randigt tefat framför Tora. Det var nog för i kväll. För det var så evigt långt till Berlin.

13

Det var som om Elisif inte begrep detta med barnet. Hon vägrade pumpa ur sina mjölksprängda bröst. Både Ingrid och de andra kvinnorna i Tusenhemmet var uppe hos henne i omgångar och ville tala förstånd med henne. Gamla barnmorskan försökte rentav pumpa ur henne med våld. Men Elisif jämrade sig och klamrade vid den sura kluten hon hade under nattsärken så hon inte skulle flöda bort. Herrens gåvor får inte spillas, gnydde hon. Men de orden fanns det ingen mening i, för gåvorna flödade rikligen över. Samtidigt fanns rätt lite av både det ena och det andra till de ungarna som fick leva.

Inte ville hon tvättas heller. Och inte ville hon stiga upp. Barnmorskan gjorde sig arg och skrämde henne med att det skulle gå kallbrand i hela underlivet ifall hon inte skötte sig ordentligt. Men Elisif menade att Herren gav och tog, och lovat vare Hans namn i evighet!

Under tiden surnade ullkluten än mera och håret kletade oskönt om det smutsiga ansiktet. Invändigt verkade det rena sig självt mitt i eländet. Hon blödde friskt. Sängkläderna blev först röda. Färgen spred sig därefter över det gråvita lakanet som blev mer och mer mörkbrunt i kulören. Närmast kroppen hade hon alltid en källa av friskt, rött blod. Det var som om kroppen förtvivlat sökte hålla stigarna öppna. Elisif fick sår och hon prisade Gud. Hon grät inte en tår. Och hon envisades att hon ingenting behövde äta.

Efter en dryg vecka kom barnmorskan farande in i

Ingrids kök och var som en furie.

Det hade gått inflammation i stygnen. Hon hade tvingat Elisif med våld för att alls få se så pass när hon skulle ta stygnen.

De kastade sig över henne – Ingrid, Johanna och barnmorskan. Det fanns ingen annan råd.

Barnmorskan fick ordnat det hon skulle, och hela madrassen måste brännas nere på stranden.

Men när det var över grät allihop, utom Elisif. För sådan barnsäng hade ingen sett.

Torstein gick omkring som en piskad hund. Efter en tid orkade han inte gå in i rummet där hustrun låg.

Det var Sol som gick in med mat och dricka och lenpratade med modern och lurade henne att ta till sig så pass att hon inte strök med. Varje gång hon gläntade på dörren slog den sötkvalmiga ångan av friskt och gammalt blod emot henne. Den var blandad med den råa lukten av urin och sur mjölk.

På julkvällen satt Sol och Tora på dass ihop.

Helgen hade just ringts in medan de satt där. Sol grinade så smått, men hon hade ingen lust att verkligen låta det svämma över. Tora satt på sitt hål och sa ingenting. Det blev för stort för henne att Sol grät.

När hon var färdig snöt Sol sig i en av de gamla tidningarna som hon inte ens brydde sig om att skrynkla mjuk mellan händerna.

När de var på väg över gården i snövädret rörde Tora vid armen på den bottenfrysta Sol. Och när de stod och borstade av den värsta snön på verandan, sa Tora bestämt: – Så kommer ni ner, du och han Jørgen – när småungarna har lagt sej. Jag ska tända ljuset i änglastaken i kammarn.

Sol lyste upp en sekund eller två, så slocknade hon. Hon skakade sakta på huvudet och gick hastigt uppför trapporna. När hon kommit upp i svängen till sista avsatsen, vände hon sig tvärt och såg ner i Toras hjälplöst bleka ansikte. Den starka taklampan åt sig in i Toras alla drag medan den lät Sols ansikte stå däruppe ensamt i de mörka skuggorna.

Ryktet om Elisif nådde också prästen.

En torsdagförmiddag hördes en tydlig, mild sørlandsdialekt i trappuppgången. Tora kände igen honom på rösten. Det gjorde Sol också. Einar på gångloftet demonstrerade genom att slå igen dörren till rummet tämligen hårt, så han kände nog också igen låten.

Elisif hade legat i snart tre veckor, och kalendern var avriven långt fram i januari. Den gången Elisif var ung och världslig hade hon fött ett flickebarn som hon kort och gott kallade: Sol.

Men det stod illa till med solskenet för fjortonåringen. Mörkt var det ute, och hemma var det becksvart.

Prästen hälsade och skickade Jørgen efter Torstein. Skamsen, tyst och med luvan snurrande mellan nävarna blev Torstein stående mitt på köksgolvet, när han såg vilket storkarlsbesök de fått. Han kom sig inte ens för med att be prästen sitta ner. Luvan gick som ett hjul nu. Han stod där och hade så mycket han skulle sagt till prästen, när han nu ändå kommit mitt i deras elände. Men det var som om orden inte orkade bana sig väg upp och ut. Inte var han säker på att en sådan klok och beläst man kunde förstå heller.

– Det var nu denna religiositeten, denna omvändelsen. Ni kan tro det var den som var galenskapen – präst.

Nu hade han sagt det, men det gick som han fruktade: Prästen begrep inte vinken.

– Din hustru är säkert en god människa och en god

kristen, det betvivlar jag inte, sa prästen tankspritt.

Han hade inte dröjt länge i sjukrummet. Det fick en kvinna ta hand om. Visst gjorde han sitt som själasörjare, men kvinnan var inte samarbetsvillig. Hon sjöng psalmer hela tiden. Det förvirrade prästen, som var rimligt att vänta.

Till sist tog han Torstein med sig ut i korridoren och stängde dörren bakom dem. Han ville tala med Torstein mellan fyra ögon.

Barnen måste bort, hävdade prästen.

– Vart då? dristade sig Torstein att viska fram.

Det hade prästen ännu inte tänkt ut, men det blev nog råd. Det var en sak för barnavårdsnämnden. Han, som präst – kunde bara göra hembesök och fastslå att nöden och bristen på en fast uppfostrarhand var stor. Fosterhem var nödvändigt för en tid.

Så gick han in och talade vänligt till ungflocken, klappade Sol på huvudet och frågade när hon skulle komma till konfirmation.

Trappen hade haft vidöppna dörrspringor och öron och ögon i varenda vrå, så det gick inte en halvtimma innan Torsteins och prästens samtal var känt över hela Tusenhemmet. Torstein gick tillbaka till garnlagningen och var grå över skäggstubben av sinnesrörelse.

Tora och Sol gjorde färdig disken.

De hade en zinkbalja placerad på en pall. På en stol tätt invid zinkbaljan ställde Sol med lugna, dröjande rörelser det skållheta porslinet på ett stort grytlock.

Tora gned den enkla servisen med en tunnsliten diskhandduk. Den var våt för länge sedan, men hon gjorde sig så osynlig hon kunde och ville inte fråga efter en torr. Det var något som sa henne att det knappast låg ett litet lager i köksskåpet, såsom det gjorde nere hos mor.

Sols ansikte var uttryckslöst, som det gärna blev ifall hon hade extra mycket att tänka på. Tunga drag under en stripig pannlugg som var avklippt nästan ända vid hårfästet. Händerna var onaturligt stora. Och det behövdes.

Sol använde evigheter bara på klädtvätten. Var äldst, flicka – och därtill snäll. Det var hennes förbannelse i Sodom. Hon kunde inte säga nej. Var oförmögen till verkligt uppror.

Tora satte fart på en av småungarna att sopa golvet.

Han gjorde det på sitt vis, men ingen skällde på honom för det. Tora skar det hårdsaltade fårköttet i småbitar borta vid vasken, och Sol bytte på den minsta.

Nästan inte ett ord blev sagt.

Psalmsången i vardagsrummet hade tystnat. Så hon sov väl.

Jørgen och Tor kom in, skamsna och tysta för att alla i Tusenhemmet visste att prästen varit hos dem. Till sist fick Sol igång de små att leka med asken med tändved, och de fem stora satte sig vid köksbordet och delade skammen med varandra över ett stort hemmaritat spelbräde. De tog knappar och avbrutna tändstickor och spelade ett parti. Sol och Tora vann hela tiden och Jørgen blev arg. Han fick färg i ansiktet och annat att tänka på än att han skulle till barnavårdsnämnden.

Tora satt och kände sig underligt väl till mods. Nästan glad. Hon var inte den enda som hade ett lyte.

Om kvällen, när Tora och Sol gick med varsin dinglande mjölkkanna ner i Byn för att köpa mjölk, sa Sol med trygg röst:

– Det blir inget av!
– Vad menar du?
– Vi ska inte skickas bort.
– Nä-ä.
Tora var osäker och drog på det.

– Det är ingen som vill ha oss, vi är alldeles för många!

– Det har du säkert rätt i, sa Tora.

De tittade på varandra. Så började Sol skratta. Hon skrattade ett slags hjärtligt skratt, som Tora blev lite förargad på. Men hon skrattade med. Så pass kunde hon sannerligen göra. Och de dinglade med kannorna och sprang nedöver backarna.

Mjölkbilen hade inte kommit, för vägarna hade drivit igen över Skaret.

De stod i flock. Alla ungarna och några gamlingar. Tryckta intill väggen för att komma i lä. Över deras huvuden fanns en uppspikad hemmagjord skylt med: "MJÖLKFÖRSÄLJNING".

De knuffade varandra och huttrade så smått, och fann på rackartyg för att få tiden att gå. De var många. Sex – bara från Tusenhemmet.

De väntade och de frös – tillsammans.

Äntligen kom bilen. Ungarna från Tusenhemmet hade en egen förmåga att komma först i kön när det mättes upp från den översta delen av de stora transportflaskorna. För det översta, det var gräddmjölken. Det visste ungarna från Tusenhemmet utan att någon direkt hade berättat det.

De betalade med valna händer eller fick uppskrivet i anteckningsboken som låg på den omålade hyllan av ohyvlade bräder rakt ovanför mjölkbryggan.

14

Sol fick rätt.

Det var ogörligt att hitta fosterföräldrar till så många. Åtminstone om vintern och med så kort varsel.

Fyra vuxna kvinnor vred Elisif runt och tvättade henne med våld. Men stiga upp ville hon inte.

Ingrid satte sig en dag på sängkanten och försökte prata med henne om det döda barnet. Elisif fick glans i blicken och lovade Herren i hans visdom i den saken, så det gick kalla kårar nerefter ryggen på Ingrid. Den enda som på något slags vis fick komma under den heliga ytan på den arma människan var Sol.

Det satte in med slaskande töväder i slutet av januari. Vår och höst var det alltid stor trängsel i trappan om skodonen bland Elisifs ungar.

Men i år var det som förgjort att blidvädret skulle få slut på kallföret i januari!

Elisif var lyckligt ovetande. Torstein försökte en och annan morgon administrera skoparen, men med ganska dåligt resultat. De var aldrig i skolan alla fyra samtidigt i töväder, Elisifs ungar. Sol övervakade att frånvaron blev någorlunda jämnt fördelad. Och hon tragglade med den tröglärde Jørgen så han skulle få sin del av Gunns visdom.

Annars blev det den stackaren som kom sist ur sängen som måste stanna hemma med skammen. För ett par storskor och två par avklippta stövlar var det som de fyra äldsta

97

disponerade. De små var nog tursamma att ha ärvt det som var urvuxet, så de kom sig utomhus. Men de stora hade fyra par jämnstora fötter och tre par skor tillsammans. Tre av dem gick varje dag till Gården och Gunn Helmersens röda rättelsebockar.

Nu blev det Sol som frivilligt stod över för att göra arbetet hemma och sköta de tre små och modern. Torstein hade arbete med att laga garn och syntes sällan till i trappan.

Gunn sa aldrig någonting om frånvaron. Men en dag kom hon utan förvarning med ränseln full av böcker och uppgifter till Sol. Det skulle visa sig vara den lösning som var mest matnyttig i längden.

Hon var länge inne i det stinkande rummet hos Elisif.

Nästa dag slog hon fast både för präst, barnavårdsnämnd och vad Byn övrigt hade av välmenande och laglydiga karlar, att det inte var ungarna som skulle bort, det var Elisif som var sjuk och behövde hjälp.

Det barnmorskan hade kallat: "trolldom", och prästen: "en annars god kvinnas undfallenhet för sina barn", det kallade Gunn: "sammanbrott" – utan att höja på ögonbrynet engång. Hon skrev formella brev, pratade i telefon – och fick det som hon ville.

De fick plats åt Elisif någonstans i Bodø. Ingen sa namnet på det stället högt.

Men i Ottars butik slog gott folk fast, medan de så smått handlade sitt margarin och kaffe, att hon Elisif var tokig och måste föras bort.

De gav predikanten skulden. Han var väl någon annanstans nu och drev vettet ur enfaldiga fruntimmer. Stor skam var det att sådant fick försiggå!

Dagen kom. Och Elisif måste kläs på och resas i sängen med våld. Hon lät det hagla över Torstein, Gunn och Ingrid, gälla hotelser om Herrens straffdom över den som la hand på en av Hans minsta.

Vårdaren från Bodø hade visst sett värre ting, för han var lugn och bergfast och unnade henne inte ett ord till svar. Väl nere i korgen föll hon samman och började gråta.

Sol hade hållit sig i köket med småungarna, men vid ljudet av moderns gråt – kom hon in. Hon stod en liten stund mitt på golvet som om hon kämpade med sig själv, så gick hon bort till sjukkorgen. Böjde sig tätt intill Elisifs ansikte och viskade: – Mamma, du ska få det bättre där du kommer. Där finns folk som har tid att sjunga ihop med dej och läsa i bibeln hela dagen. Du kan få be ifred utan att nån flinar, mamma. Och när du blir frisk kommer vi... kommer vi och hämtar dej. Alldeles säkert! Här har du mannaorden dina, mamma...

Hon stack en flottig gråpapperspåse under Elisifs filt och räckte henne handen till avsked. Hon hade ett slutet gammalkvinnoansikte där hon stod. Varken leenden eller tårar skymtade.

De vuxna vände sig bort ett ögonblick. De hade hört och sett en vuxen människa på fjorton år, med ögon som var alltför gamla för henne och ett namn som hånade henne.

Sol!

15

Gunn satt en dag på katedern och pratade om – hat. Tora försökte känna efter hatet.

Men det fanns inte där. Inte som Gunn beskrev det. Hon kände att där hatet skulle finnas, var det tomt. Tomt – som att stirra mot den splitter nya solen tills det flimrade av små luddiga cirklar för ögonen och solskenet blev vitt och meningslöst.

Gunn pratade med dem om krig.

Tora gjorde sig liten och ordnade noggrant i pennskrinet med böjt huvud. Hon väntade på tyskordet. Ville bara ha det överståndet.

– Atomkrig! sa Gunn. – Det är värre än allt annat mänskorna har gjort. Alla vuxna som följer med är rädda att det ska bli atomkrig.

Och hon bredde ut sig om atomsprängningar och de ohyggliga verkningarna efteråt. Atomexplosionen hade lyst lika starkt som hundra solar. Stod som en eldkula 15 000 meter mot himlen i Nevadaöknen! Och allt omkring blev radioaktivt!

Tora lät kroppen sjunka till ro på den gamla pulpeten hon delade med Sol. Hon la de fuktiga handflatorna i knäet och kände sig outsägligt lättad.

Atomkrig! Det var mycket värre än tyskarna! Gunn hade just sagt det så alla hörde.

Helt utan grund, utan att vara riktigt hungrig engång, gladde sig Tora åt maten i den blå bleckdosan och mjölkskvätten i flaskan. Blev så varm och lätt inom sig när hon såg på Gunn.

Samma dag som Ingrid berättade att hon togs emot på fryseriet mot att hon tog kvällsskift igen, nämnde Gunn att ishavstorsken hade kommit till Vesterålsbanken. Øveregga hade redan givit fina fångster.

Då begrep Tora att mor fick långa kvällsskift...

Hon stirrade rakt in i lärarinneansiktet tills hon såg farmoderns förnäma huvud glida rakt in i Gunns bluskrage.

Tora satt stelt rakt upp och ner och stirrade tills hon vågade tro att dagen likväl hade en liten värme i sig.

Ingens katt.
Ingen brydde sig.
Katten fanns i sin egen skam.
Till sist drogs den ner i diket.

16

Karlarna stod i Ottars butik och svor att nu måste det komma avgiftsfri bensin åt fiskarna.

Flera hade gjort sig till storkarlar genom att köpa 15—20 nylongarn i hopp att fisken skulle komma.

Förra året blev tredjedelen av garnfångsten upphämtad med nylongarn.

Almar smackade tankfullt på sin fimp, kisade rakt in i hyllorna och sa inåtvänt: – Nå, det finns annars snart inte mycket att fara efter. I många år har notkarlarna fiskat opp all vuxenfisken, nu finns bara unglyren kvar. Torsken har dom skrämt havet runt, så han inte törs öppna käften och bita på agnet. Notkarlarna har varit i vägen för en stackars linfiskare, splittrat sönder torskstimmen i småbitar, så garnfiskarn inte hittar mer än tomma eländet.

Almar smackade högt och betydelsefullt igen.

– Men dom har fredat Hopsteigen, försökte Ottar försiktigt.

– Ja, så dom värdelösa som inte duger att skaffa kapital till 60-fots med not och ekolod, dom ska få fiska fritt som i sagorna. Puh! På ett frimärke!

Två av karlarna i Simons båtlag fick bråttom att bära ut kartongen med proviant. De hade ingen tid att diskutera med gubben från Hestvika när han var på det humöret.

Men den ena av karlarna kunde inte hålla inne. När han kom tillbaka efter oljedunken han inte fått med sig i första vändan, slängde han genom dörrspringan på väg ut: – Han Almar kan ju strejka! Det står honom fritt! Så kan han nyttja kommunpengarna sina till ränta på banken, och slippa investera dyrt och förlora mera när fisken försvinner!

Almar får ha ansiktet ifred för de andra efter den salvan. De vänder sig pliktskyldigt mot disken och Ottar och pratar om annat.

Dahl behöver mera folk till veckan. Väntar båt som ska lasta för USA.

Det var goda nyheter.

Men juksafolket knotar, även om de inte tar öppen strid. Och orden är många och beska över vaxduken runt om i sjöbodarna. Det fortplantar sig runtom i Byn, in i köksvrårna. Käringarna tar parti, ungarna låter skitorden flyga och näsbloden rinna alltefter det står klart att det finns två fronter. De som håller med notfolket på ena sidan, och de andra på andra sidan.

Det blir allvar ibland. På ungdomshuset kan man snart inte prata om fisket en lördag, för det blir så lätt slagsmål av det.

Under tiden har 783 notbåtar fått koncession för säsongen, och garn-, lina- och juksafolket ter sig som surdeg utan bröddeg att blanda sig i. De hotar att stanna hemma hos käringarna i stugvärmen ifall myndigheterna inte skjuter på datum för lagligt notfiske.

Karlarna har stora rastlösa nävar i byxfickorna. Tiderna är osäkra. Likväl är det en och annan som skaffar sig radio, varifrån de nu får pengarna.

Kulingarna ökar i jämn takt, och Vår Herre ordnar med landligge och välsignad tid till radiolyssning. Fastän det just inte är kärkommet för dem som ser till förtjänsten.

Det rådde delade meningar ifall det var den gode guden eller hin själv som ordnade med fiskpriserna. Någon visste ett och annat namn i Oslo. Det blev 67 öre för lofottorsken, medan sej och kolja ännu låg på 61 öre.

Kvinnorna suckade över kaffepriset: 17:70. Men de var

glada så länge ovädret inte tog båt och manskap. I Finnmark hade sex båtar blivit borta.

Herregud! Och man klagar över priserna...

Nere på fabriken hos Dahl gick allt för fullt.

Dahl var ingen hård herre. Men han gillade när arbetet gick undan. Det var till det gemensamma bästa. Särskilt för dem som satt vid packbordet och hade ackord.

Han försatte inget tillfälle att låta förmannen påminna "damerna" om detta faktum. Själv höll han sig i bakgrunden vid sådana tillfällen.

Håkon Himlatitten (han var skelögd) var så lagom förtjust i uppdraget, och framförde det inte alltför hårt. Han var en folklig och omtyckt förman. Han tröstade och uppmuntrade när arbetet av någon orsak sinkades och ackordet sjönk – så det gav mindre än 13 kronor i timman.

Männen hade sina fasta 15 kronor och 50 öre.

Men hjulen snurrade, det var huvudsaken. Och de var lyckliga som hade stövelfötterna stadigt inne i filéhallen. Frida, Grete, Hansine och Ingrid visste det. De tvättade labbarna efter varann i den spruckna vasken. Såpade in sig rejält för att slippa den värsta lukten över smörgåsarna när de åt.

En hel, dyrbar halvtimma!

Matrummet hade precis plats för de sex stålrörsstolarna och det stora kvadratiska bordet med plastad skiva. Vid dörren fanns handfat och spegel. De såg ett slags grå, oformlig skugga av sig själva därinne när de drog på sig den vita rocken eller for med kammen över håret efter slutat skift.

Lyset ovanför bordet – däremot, la sig över de försvarslösa, bleka ansiktena och gjorde varje rynka till ett illa läkt operationssår, och varje kvissla till en otäck, oaptitlig skymf.

Ingrid drog av sig hucklet och sjönk ner på bänken med den buckliga termosen. Hon lyssnade frånvarande till Gretes råa flabb åt Frida.

Tugganden. Enstaviga ord. Hålla med bägge händer om den gråa bakelitkoppen för att värma händerna.

De första minuterna fanns inte ork till annat.

Fyra timmar med de korta femminutrarna hade satt sig i axlarna och nacken och låg som en hinna över blicken.

Efter en stund kom ett och annat ord från Frida: Dahl var inte den värsta. Inte gav han dåligt ackord heller.

Halva matrasten hade gått. Draget från dörren och fönstergluggen brände om benen. Grete var alltför tunnklädd, tänkte Ingrid föraktfullt. Det var mest för pynt hon alls hade kläder på kroppen.

Hansine gick på dass. Grete mumlade något om att de borde fått en snabbare på skiftet.

Hansine sinkade... fördärvade ackordet.

De båda andra växlade en blick, tuggade, sa ingenting. Utifrån gången hördes röster, några av karlarna kom in. Ingrid kände en väldig lättnad. Hon klarade inte Gretes angrepp på Hansine just i dag.

Fisken låg i högar och skulle packas, det var huvudsaken för Ingrid i kväll. Det hjälptes inte att det var lördag, och att karlarna kunde ta ledigt.

Ingrid visste att det inte bara var hon som hade arbete som väntade hemma också.

Frida nämnde att hon inte hann med tvätten innan hon gick, för ena ungen blev sjuk och kräktes och hon måste sköta honom. Hon hade sin sjuka mor boende hos sig, och mannen var på fiske.

Hansine hade en ko med juverinflammation. Hon bodde på andra sidan Viken och hade fått punktering på sin gamla cykel. För henne skulle det bli natt om hon inte fick någon att ro sig över.

– Det blir bra i påsen denna gången!

Grete pratade med karlarna. La ena nylonstrumpsbenet över det andra och sköt fram brösten. Hon tog alltid av sig yllebyxorna på matrasten.

Ingrid satt och funderade över varifrån hon fick överskott och ork. Herregud!

Så var hon också den enda ogifta av dem. Hon hade en unge, men han bodde hos mormodern i Breiland. Grete var fri som fågeln.

Det stack till i Ingrid: Fri som fågeln!

– I morron ska jag dra mej riktigt, det ska jag jävlar! Med kaffe och wienerbröd! Annars borde man varit karl! Grete var i storform i kväll och sög på köpecigarretten med stor energi och såg vältaligt på den yngste av männen.

– Vad menar du? frågade han.

– Jag tänker på filéskärarna – som slipper stå på lördag- kvällarna och känna blodsmaken i käften för ett uselt ackord.

– Ska du börja nu igen? sa Hansine som just kommit in. Hon stod och lutade sig mot vasken för det fanns ingen stol åt henne.

En av karlarna erbjöd henne sitt knä. Men Hansine skrat- tade och avböjde. – Du får skaffa dej andra doningar på bena och sluta spöka ut dej, så tror han Dahl du är karl och sätter dej på karlgöra! kastar den äldste av männen ut med ett flin.

Gretes ansikte stelnar ett ögonblick. Det kommer något hårt och oskönt över dragen.

– Ja, du tycker det är riktigt att man måste ha tasken hängande i skrevet för att vara värd timlön!

I Gretes bägge mungipor hänger en liten droppe skum. Ögonen skjuter blixtar. Hon glömmer alldeles att sticka ut nylonstrumporna framför sig. Hon fimpar cigarretten i bleckaskkoppen så tvärt att askan ryker över Hansines brunostskiva. Karlarna reser sig och går skrattande ut.

– Du får skaffa dej en stadig karl. Så du slipper tjäna pengar och ta upp platsen för folk som trivs med att arbeta! kommer det utifrån gången.

Ingrid såg till sin förvåning att Grete kämpade med gråten.

– Det är sant som hon säjer, Grete, hör Ingrid sin egen röst. – Det är vi kvinnfolk som sitter med högen när männen tar helg. Vi borde vara fem som packar.

– Ja, men nu *är* vi bara fyra, säger Frida trött.

– Är det nåt man måste godta?! säger Grete ilsket. – Har vi inte en förman vi kan klaga hos?

Frida gjorde sig färdig att gå, tiden var snart ute.

– Vi är inte organiserade, han har ingen skyldighet att lägga fram våran sak, säger Ingrid modlöst.

– Puh – ni låter er kuvas som torskhuven! säger Grete.

– Gör inte du? snäser Frida.

Det blev tyst.

– Om du bara kunde sluta snutta på den där fimpen, så vi andra fick ha smörgåsarna fria från aska och käften fri från os, så hade det gått mycket bättre hos oss på filén!

Grete vände sig mot henne, tvärt och med ett underligt hudlöst ansiktsuttryck. Men hon sa ingenting mera.

– Jag tror vi är trötta. Det är bättre vi sluter fred nu. Vi är tvungna att dra lasset ihop, hur mycket vi än käftar. Det får inte bli så att vi brukar matrasterna till att hugga varandra i strupen.

Hansine såg vädjande på de andra.

Grete kom sist ut ur matrummet.

– Karlarna får inget skäll på dagarna när det inte finns fisk, ropade hon efter dem.

– Karlarna är försörjare, ropade Frida tillbaka.

– Det är jag också! tjöt Grete och fick sista ordet.

Så hämnades hon på fimpen hon redan hade släckt. Hon

mosade den, krossade den, smulade sönder den i bleckfatet.

När Ingrid kom ut i gången kände hon att det var varmare i matrummet än hon hade trott. Draget härute kom från vartenda hörn. Iskallt och rått.

Det gjorde henne arg på ett sätt hon inte själv kunde förklara. Hon stannade och inväntade Grete bara på trots. Kände sig eländig och modstulen. Men innerst inne skalv hon av ilska. *Det* var Gretes förtjänst.

– Jag vill bara ha en smula liv också, förklarar Grete när hon hinner upp Ingrid. – Förstår du det, Ingrid?

– Ja, det förstår jag. Och det gör dom andra också. Det är bara det att dom inte orkar. Jag är annars försörjare jag med, tillägger Ingrid tyst.

Grete står som förstenad. Sådana förtroenden kommer inte varje dag från Ingrids mun. Hon knuffar Ingrid vänskapligt i ryggen och säger bestämt:

– Jag skulle önska vi såg varandra utanför dom här väggarna också, Ingrid. Jag tror vi är av samma ull.

Ingrid ler.

– Kanske det...

– Jag vill ha ett liv och lite lyx. Jag har tänkt köpa mig päls. Ja, det är allvar. Ska gå i Byn med päls som jag själv har köpt! Dom ska få se, dom där lössen! Jag har sett annonser i tidningarna. "Bruna och svarta sälkappor: 400 kronor. Prima: 850 kronor." Det får bli den billigaste sorten – antagligen, tillägger hon.

Ansiktet lyser och blicken släpper taget om Ingrid och glider bort i dagdrömmen.

Torstein Jarl låg vid kajen för lastning. Ingrid kastade en blick ut medan de skyndade förbi sista fönstret i den smala gången. Så var det åtminstone *några* av karlarna som fick arbeta på lördagkvällen.

17

Almar i Hestvika var ägare till en 21-fots fiskebåt.

Han hade haft den i många år och funnit att den var ett hjärtegott vardagsredskap i Vår Herres våta hand.

Den var väl inte precis nytjärad, jämt. Men motorn var alltid välskött.

Almar fiskade lite vid sidan av. Man försörjde sig knappast som eldare på Gården.

Det var inte meningen att den som tjänade sitt bröd i kommunen skulle äta det också, menade Almar. Man skulle gömma det man fick till julen ena året så man hade något att äta till nästa jul.

Nej, Almar betackade sig – och fiskade.

Dessutom var båten bra att ha ifall någon måste in till Storön eller fastlandet de dagarna när lokalbåten inte gick. Det hände ibland att det kom dubbelt med ungar ur mödrarnas sköten, med fötterna först, eller på annat vis gjorde extra besvär, så att det inte förslog med gamla barnmorskan.

Då trädde Almar i trofast tjänst. Det var inte enkelt att hålla i sånt man inte hade i näven – tills lokalbåten kom, menade han och eldade motorn.

Han hade länge tänkt skaffa en ny och bättre båt, men pengar växte inte på buskarna i trädgården, så det hade stannat vid tanken. Men stor skam var det att den lilla kajutan var så öppen och trång att barnsängskäringarna ofta fick ligga med fötterna ut i kalldraget från den smala dörren.

Därnere luktade det fränt av smörjolja, överkokat kaffe, fett och härsken båtkamin.

På det trekantiga bordet framme i skottet, med de smala brunmålade bänkarna på båda sidor, var vaxduken repad och sprucken. Det var knappt man kunde tyda att den en gång haft rosmönster tätt tätt över hela ytan. Det översta skiktet hade flagnat av, så att väven i duken fläckvis visade sitt eget smutsbruna mönster.

Över kaminen hängde samma rödrutiga diskhandduk – jämt. Den hade tagit färg av livets vedervärdigheter och var en del av inventarierna.

Det var ingen som kommenterade det, utom Rakel.

– Jag gav dej en ny diskhandduk till jul, Almar. Var har du den?

– Hö, han var så fin så jag har'n hemma i skåpet.

– Ja, men det stod på paketet att den skulle vara i båten!

– He – he – tja, det stod det förstås, men...

– Jag tänker inte dricka kaffe ombord på den här båten ifall jag inte får diska koppen och torka den. Med en ren handduk! Det begriper du väl?

– Det skiter jag i!

– Du blir inte arg om jag säjer det, Almar?

– Hö!

– Du *blev* arg, jag ser det på dej. Att du kan vara så enfaldig!

– Hö!

Rakel försökte ställa allt tillrätta igen. Hon lovade honom en diskhandduk till skåpet och en till båten. Skulle brodera monogram på, skojade hon.

Men Almar vevade ilsket igång motorn och satte full fart utåt Viken.

De hade kommit ända ut till yttersta sjömärket innan han vred på huvudet och pratade ned i kajutan.

– Sätter du på pannan, Ingrid?

Han såg inte åt det hållet där Rakel satt.

Rakel kikade upp på honom och sa spydigt:

– Du får ett rejält stycke hav att vara ilsken på!

Almar lyssnade inte på anmärkningen och vred häftigt på ratten. Tora trivdes inte längre. Det var inte värt att reta Almar, det visste hon från förr.

Hon ville inte att någonting skulle fördärva den här turen.

Rakel skulle till Breiland och laga tänderna, och hon hade ingen lust att fara ensam. Ingrid hade ändå inget arbete resten av veckan, och Rakel bjöd på resan. Hon hade pratat med Gunn, och Tora hade fått ledigt från skolan.

Moster hade den vida, storrutiga kappan på. Hon var fin, tänkte Tora.

Så kastade hon en hastig blick bort på mors gammalmodiga, omsydda kappa. Den var nypressad och fläcken nere på fållen var omsorgsfullt borttvättad kvällen innan. Men likväl var det som om den fortfarande fanns kvar, tyckte Tora. Som om alla de skulle möta i Breiland den här dagen skulle komma att *se* fläcken och tänka: "Satt det inte en fläck där, tro…"

Rakel hade nymodiga gummipampuscher över skorna. De kallades "polarer" och var gröna. Mor hade stövlar på fötterna. Breda och korta med ullsulor i. Det var samma som hon använde på fabriken. Tora tyckte det måste lukta om dem lång väg.

Skämdes hon? Över mor? Nej! Men hon blev mjuk inom sig när hon såg skillnaden mellan moster och mamma.

Tora hade en hemsydd anorak över den omsydda klänningen hon fick till jul.

De mörkblå yllebyxorna hade idiotiska sömmar på insidan och hängde som dragspel nedefter benen, trots att hon dragit dem ända upp under armarna.

Det betydde inte så mycket. Det fanns ingen att jämföra

111

sig med i Almars fiskebåt.

Men hon ville unna mor att gå vackert klädd. Ville unna sig själv att ha en mor som – moster Rakel.

Det var som om det gnistrade om moster Rakel. Det var inte bara kläderna. Hon var så full av liv, alltid. Vare sig hon var arg eller blid. Det liksom böljade omkring henne. Allas blickar riktades mot henne när hon kom in i ett rum. Det hade Tora sett mer än en gång.

Orättvist var det! Även om hon nog unnade moster det bästa. Hade bara mor varit lite gladare…

Var det verkligen så enkelt? Gjorde glädje människor vackra?

De hade kommit ut mellan holmarna nu. Almar surrade ratten och kom nedför de båda trappstegen till dem för att få sitt kaffe.

Båten stampade kraftigt.

Kaffekoppen var stor och djup och bara ifylld till hälften, ändå skvimpade det ut på vaxduken.

Almar tog en sockerbit mellan två grovbarkade fingrar som aldrig skulle få färg av hud igen. Han hade eldat och oljat all sin tid och tagit färg av det i skinn och sinnelag.

Den snövita sockerbiten verkade underligt främmande mellan två gyllne tandstumpar. Men den fick snart samma kulör som mannen, för han sög njutningsfyllt kaffet genom den med munnen som en girig tratt.

Tora satt och stirrade tills Ingrid stötte till henne med armbågen. De andra fick också sin del av det beska kaffet. Almar stack en rostig sked i torrmjölksburken och hällde rikligt och gästfritt i Toras kopp av det konstiga, vita pulvret.

– Bara för unga damer, skojade han och log med halvöppen mun.

Så försvann han upp i sin styrhytt och hade nog med sitt. De båda kvinnorna kunde äntligen prata ostört i skydd av motorbullret.

Tora stödde sig på bänken med handflatorna platt mot det hårda träsätet och fingrarna vända utåt. Det gick bra att hålla balansen i den stadigt ökande sjögången på det viset. Det var som om rytmen fortplantade sig i låren och händerna och höll henne tryggt på plats. Hennes fötter nådde ända ner på durken i år. I fjol, när hon var med mor till Vestbygda, kunde hon minnas att hon suttit och sträckt på tårna för att räcka ner.

Sjösvallet mot bogen och det monotona dunket gjorde henne sömnig. Det var tidigt i ottan. Klockan var inte sex. Det var bussen som bestämde när de skulle iväg. Och Almar räknade alltid med goda marginaler. Var långsam och noggrann. Låg hellre en halvtimma och backade och väntade på bussen, än han lät maskinen slita ont.

På det viset fick han bli både väntrum och skjutskarl.

För på Grunnvoll fanns inte ett skjul att gömma sig i medan man glodde och väntade på den röda uppenbarelsen som skulle föra en vidare.

Almar hade varit på benen och eldat i skolkaminerna långt innan – när han kom ner till båten.

Gunn skulle stiga upp lite tidigare och sköta eldningen åt honom framåt morgonen. Hon var hyggligare än gammelläraren på så vis. Han hade varit så klen och fisförnäm all sin tid att det ingenting nyttade att be honom om ett handtag som inte hade med böcker och skrivning att skaffa. Han gick mest där mellan bänkraderna och snöt sig i rena näsdukar, menade Almar.

Nu var det två fruntimmer som hade övertagit efter honom. Folk tog ju till att föröka sig så duktigt att det inte förslog med en lärare.

Den ena av damerna var stöpt i samma form som gammcelläraren, och inget att slå sig i slang med. Men så hade de alltså fått den här fina jäntan från Sørlandet. Jämt med ett leende. Liten och rund och rar. Hon rentav skrattade! Han hade till och med hört att hon skrattat medan hon var i klassrummet tillsammans med ungarna!

Ibland gick hon runt i bara nattlinnet i den kalla korridoren när han kom ut efter eldningen.

Men hon ropade: "God morgon!" – som om hon vore fullt påklädd och haft både kjol och jumper.

Hon var en välsignad naturlighet på det viset.

Almar avgudade henne i djupet av sitt hjärta, och vaktade noga på den känslan så ingen skulle få ta den ifrån honom.

Han hämtade henne kungsfisk och torsk – allt eftersom. En gång hade hon ropat in honom och bett honom lära henne koka färskfisk på nordlandsvis. Almar glömde aldrig den stunden. Den satt som en glansbild innanför den grova ansiktshuden. Ja, sträckte sig genom hela det välanvända blodomloppet och runt i hans undersätsiga, sega kropp.

Och han pratade inte mera om det än att han nämnde det för bekanta lite i förbifarten. Men han undvek att göra det till någonting särskilt, precis som en god jägare inte nämner de bästa ripsnåren vid namn.

Gunn var för Almar som en söndag om sommaren. Han behövde henne.

Han kände sig långt ifrån gammal – Almar. Blev 47 i oktober som var, och kunde stå i egen båt och tänka egna tankar...

Det kändes som att rida.

Tora följde gungningen med hela kroppen. Hon hade lutat sig tungt mot bordläggningen och tryckt stövelsulan mot bordsbenet.

114

De hade kommit ända ut i fjordgapet. Storhavet kom vältrande över de flata uddarna därute. Ingenting gav längre lä. Tora kände en liten kväljning nederst i magen.

Det var vämjeligt varmt i kajutan. Kaminen dånade muntert. Mellan de rostiga järnringarna kunde hon ibland se skenet av lågorna när glöden fick näring från det tunna röret som kom från oljetanken.

Moster Rakel hade tystnat. Hon var nästan lika blek som Ingrid alltid var.

Tora tittade på moster och undrade om hon mådde illa. Det var konstigt, men hon hade aldrig tänkt sig att moster kunde ha några svagheter. Hon var jämt den som klarade sig. Gott humör, rapp i tungan. Jämt klarade hon att reda ut härvorna och göra svart till vitt. Det var väl första gången hon och moster var tillsammans i båt i tung sjögång.

Rakel for annars hit och dit, på inköp och på besök till alla bekanta och släktingar runtom.

Det var som om Rakel hade flera släktingar än Ingrid och Tora, trots att de tillhörde samma familj.

Ingrid och Tora var sällan någonstans.

Om sommaren kunde Tora låna någon småbåt av gubbarna på bryggorna och ro ut mellan öarna.

Ro och ro, tills det sved i händerna och storhavet kom som ett troll emot henne. Vältrande med breda, ondskefulla, långsamma ryggar – även om det annars var stilla väder. På en gång hemskt och härligt.

Hon kunde snyfta av fröjd om hon var ensam, ifall det kom för tvärt på henne och hon inte vågade ro längre ut, men inte heller lägga båten med sidan till, den stund det tog att vända.

Mor visste ingenting om sådana där turer. Det var inte värt.

Jo, Rakel mådde illa. Hon lutade huvudet mot väggen och svalde tungt flera gånger.

– Jag skulle inte ha druckit det där kaffet, mumlade hon och försökte le.

– Är du sjuk? Ingrid var bekymrad. Hon hade samma klagande röst som när någonting var galet hemma. Det skalv i Tora när hon hörde att modern tagit med sig den rösten på turen.

– Ja, du vet hur det är, sa Rakel ynkligt.

– Jag hade glömt det. Ingrid var förvånad över sig själv.

– Det är ju länge sen vi båda var ute och reste ihop.

Rakel bara nickade. Hade inte krafter till mera. Det kändes rent onaturligt att se moster Rakel sådan.

Ingrid satt lika blek som alltid, rak i ryggen och med händerna om den slitna handväskan. Hon såg lugn, nästan glad ut, till trots mot den bekymrade, klagande rösten. Det var långt mellan gångerna Ingrid var på utfärd. Men när Rakel absolut ville ha ressällskap och betalade hela turen så kunde inte Henrik säga någonting om det.

Ingrids ögon var lite beslöjade, men på ett annat vis än Rakels. Ingrid var trygg och lite trött. Hon satt i Almars fiskebåt och tog oväntat för sig av livet.

Tora blev så full inom sig av att titta på henne. Det bubblade över. Hon glömde moster en lång stund. Satt bara alldeles tyst och gav akt på mors ansikte i smyg.

Tvärt reste sig Rakel och vacklade upp de tre trappstegen till däck. Hon närmast knuffade Almar åt sidan, och hade inte kommit längre än till att sticka huvudet genom dörrhålet, när det liksom gled ur henne – allt som fanns därinne. Hon kräktes tungt och med många ohyggliga läten. Det lät som om det kom från en annan värld, från en annan Rakel.

Ingrid for upp och skyndade efter henne. Tora följde med.

När hon kom på däck stod mor och höll om Rakel. Stöttade henne borta vid den låga relingen och höll fast dem bägge. Rakel krökte ynkligt ihop sig. Det kom bara pinade strupljud nu. Hon var tom, kämpade sig igenom det och försökte få magen lugn.

Ingrid fick henne att sätta sig på lastrumsluckan. Grep en presenning och svepte den om systern till skydd mot det värsta vattendrevet. Så knöt hon sin sjalett kring Rakels hatt och märkte inte att hennes eget hår löste sig i knuten och stod som yrsnö omkring henne.

– Så, så – nu är det värsta över. Sitt bara här och vila dej i friska luften. Det går över när man bara fått upp alltsamman. Såja, såja...

Tora satte sig tätt intill och höll om moster från andra sidan. Så blev de sittande, de tre – under presenningen, medan sjön bröt över det trånga däcket. Kom in under relingen på ena sidan och forsade ut på den andra. Ibland måste Almar dra ner motorn och vänta ut storvågorna. De hörde det på förhand och gruvade sig för Rakels skull. Ingrid satt där, mager och trygg. Tora tyckte hon kunde känna mors sega styrka tvärs genom mosters kropp.

De skulle sitta på lastrumsluckan i en liten fiskebåt hela livet, tänkte Tora. I kuling – som nu.

Stäven grov sig ned i havet och liksom letade efter någonting därnere. Något den hade förlorat eller glömt en eller annan gång. Så kom den upp igen som en nyfikenhet och fick flera törnar av elementen än den var beredd på. Vek först åt sidan, drog åt vänster och höger. Ville sätta sidan till och värna sig mot ovädret.

Men Almar var också en kraft därinne i styrhytten. Han passade på kastvindarna och var steget före. Drog ner på varvet och blev liggande att vänta nere i vågdalen. Det var nog. Det var det som skulle till.

De slungades upp på nästa vågkam, men det gick. Sjön forsade över däcket. Över mosters nya pampuscher. Sprutade dem uppefter benen och gjorde mörka fläckar på kläderna där presenningen blåste åt sidan. Gjorde rinnande saltblåsta ögon och stela ansikten.

Toras händer var alldeles känslolösa inne i de nya tunna vantarna. De dög inte till detta. Var bara till fint. Likväl var hon glad och varm inom sig.

Mamma hade ordnat med allting! Hon var en annan än hemma. Här tog hon rentav vara på moster Rakel! Hon var som en drottning, tyckte Tora. Var skinande återfödd i ovädret med det stora håret i rasande kämpastrid med vinden.

Ja, det var just vad hon var: Återfödd!

Det hade ingenting med bönehuset att skaffa. Det var bara att vara stark och osårbar i sig själv, och klara av allting utan att tigga hos någon.

Det hängde en tung droppe under mors haka. Tora såg att hon inte märkte det, utan stirrade bara lugnt ut i farleden och ovädret. Tora satt och huttrade, men hon var brännande varm.

– Han är grov – blitt. Men vi ska hinna bussen. Frukta icke! Ni ska inte sitta därute i ovädret och frysa ihjäl. Kom in om ni så måste spy. Det är säkrast att ha fruntimmer och ungdomar inomhus i sånt här väder!

Almar hade stuckit ut huvudet genom kajutadörren. Han ropade tröstens ord genom vattendrevet till de tre. Det föll rikligt med snöblandat regn emellanåt, men de märkte det inte. Drevet gjorde dem våta i alla fall.

Då! Mitt emellan fyrljuset och landtungan, högt uppe på den rasande himlen, kunde Tora se en enslig, blinkande stjärna i sjöröken. Det var ett under! Ett varsel om förvandling. Ett tecken...

Hon följde båtens och vågornas rörelser med hela kroppen, lät sig hänförd kastas med. Sjösjukan var borta. Vind och hav blåste liksom tvärs genom hela huvudet. Kände det pressa mot ögonlocken, svida i kinderna, bita i örsnibbarna. Munnen stod halvöppen och hon kunde tydligt känna den underliga, salta smaken av hav. Den underliga salta smaken av död. Men den var inte skrämmande längre.

Tora satt och gömde vissheten inom sig – vissheten att mor hade genomgått förvandlingen. Hädanefter skulle allting bli annorlunda. För mamma var starkare än moster Rakel när det gällde!

18

– Jag far inte hem i dag ifall inte vädret blir bättre!

Rakel rättade till hatten och borstade bort snöslask på väg in i den ångande bussen. Hon var blek och eländig och plockade med sig flera av de grå påsarna som låg i bagagenätet framtill.

Chauffören log. Han hade sett värre ting förr och hört samma repliker när folk kom iland.

– Vi gungar förstås inte riktigt så illa här ombord, om det kan trösta dej.

Han väntade tålmodigt medan Rakel letade efter plånboken och fick uppräknat det han skulle ha.

Några pojkar som skulle åka med till fiskebruket i Sørfjorden och skära tungor tyckte de sölade och knuffade Tora i ryggen. Då gick Ingrid emellan.

Tora kände en häftig värme för henne.

Och när hon satt bredvid mor på det fuktiga sätet och motorn drev dem framåt, var det som om hon lättade från jorden och flög in i himlen.

Mamma och hon – och moster Rakel.

Rakel höll på sitt. De skulle inte hem den dagen. Kulingen hade blivit stormvarning.

De satt i det ljusgröna väntrummet hos tandläkaren, och Rakel hade fått fyllning i sin dåliga oxeltand. Det fick räcka för en dag, menade hon.

Ingrid pratade med henne – som man pratar till bättre folks ungar. Vänligt, men bestämt. Övertalande.

Men Rakel var sig själv igen. Det var flera timmar sedan sjösjukan. Hon bestämde och ordnade, som hon var van.

Tora måste till skolan och Henrik skulle bli rasande. Och vart skulle de ta vägen? De hade ju ingen släkt i Breiland.

– Jag skaffar rum åt oss på hotellet, svarade Rakel enkelt och tog på sig hatten framför spegeln.

Ingrids mun stod öppen en liten stund medan hon stirrade på systern.

– Men du gode Gud, Rakel! Är du från vettet!?

– Nej, och det tänker jag inte bli heller, svarade Rakel.

Rakel fick som hon ville. Hon plöjde genom ovädret till det enda hotellet med Tora och Ingrid i släptåg. Hon satte ena handen på höften, som hon hade för vana – och ringde hem.

Det blev Simon som fick gå med besked till Gunn och Henrik. Rakel kastade tillbaka det röda håret och var kvitt hela Ön. Under tiden satt Tora och Ingrid på de utsirade stolarna framför den långa disken i receptionen – och väntade.

Ingrid beklagade sig lågmält inför Tora för Rakels påfund. Klagotonen fanns där, men Tora låtsades inte höra den. Ville inte låta den tränga inpå livet. Det var väl bara lite av den gamla mor som hängde kvar.

Kvinnan bakom disken hade starka glasögon ytterst på en spetsig näsa. Hon lyssnade skamlöst till allting som blev sagt i telefonen i rummet bakom.

Tora tyckte hon liknade ugglan i läseboken. Näsan stod spetsig ur ansiktet som en näbb, och ögonen for vaksamt över dem en gång emellanåt.

Som om hon ville kontrollera att de inte tog med sig någonting och försvann. Hon betraktade dem närgånget och skoningslöst över glasögonen. Granskade stövlarna och den gamla kappan, såg på fläckarna av saltvatten och snösörja och dröjde vid hårstriporna utanför Ingrids sjalett och To-

121

ras illa åtgångna flätor. Ibland reste hon sig i stolen, för att få bättre överblick. Disken var hög och hon var kortväxt.

Men ingenting kunde ta ifrån Tora glädjen över att mamma hade blivit förvandlad.

Låt ugglan glo! Hon började plötsligt fnissa, och Ingrid knuffade henne i sidan. Kvinnan bakom disken ryckte till och spände blicken i Tora.

– Vad är det? viskade Ingrid nervöst, som om hon var rädd att någon skulle kasta ut dem medan Rakel pratade i telefon.

– Ingenting, jag bara flinade.

– Sluta flamsa!

Silkestapeten och oljefärgstavlan på väggen mittemot blev tvärt grådaskiga och urblekta i Toras ögon.

– Nej, och åter nej, detta blir alldeles för dyrt för han Simon!!

Ingrid hängde av sig kappan och satte sig tafatt ytterst på den breda hotellsängen.

– För han Simon! Pöh, tror du det är han som betalar, du? Vem har sagt det är han?

Rakel stod lutad över sin stora resväska och drog fram småsaker hon behövde för att snygga till sig lite.

– Ja, vem annars? svarade Ingrid och tittade på henne.

– Det är jag själv! sa Rakel och rätade på ryggen.

Blickarna flög mellan dem. Det var som om de hade glömt att Tora fanns där.

– Vad säjer du? Har *du* pengar för egen del? viskade Ingrid misstroget.

– Det har jag väl! Jag tar mej betalt för ett och annat.

– Puh! Vad du pratar!

Ingrid hade återvunnit fattningen och fnös åt systerns högmod.

– Jag gör åtskilligt som jag räknar mej tillgodo. Jag tvättar hemma och håller prydlig ordning på allting, jag sköter fåren och potatisen, jag väver och jag syr. Jag skurar till och med nere på bruket och kontoret hos han Simon. Och den nergrisade gången!

– Sånt! Ingrid avbröt henne irriterat. – Sånt som man gör åt sej själv och dom sina! Det var inte det jag menade.

– Men det var det *jag* menade.

Rakel vände sig mot Ingrid. Ena ögonbrynet stod åtskilligt högre än det andra och rösten var nästan vass.

– Kan du säja mej varför jag inte ska räkna mej tillgodo för hederligt arbete som han Simon måste betalat ett annat kvinnfolk att göra, ifall inte jag hade gjort det? Ifall inte jag hade vart hans käring, vad?

Tora såg förtvivlat från den ena till den andra och önskade att grälet skulle sluta.

– Menar du att du begär löning? frågade Ingrid och skrattade hårt. Det blev alltför otroligt för henne.

– Jag *begär* inte. Jag ordnar själv med utbetalningarna och räkningarna. Ja, inte på bruket förstås. Jag räknar åt mej en viss summa allt eftersom pengarna räcker till. Och den är inte för hög, det ska jag säja dej! Men jag måste ha nånting åt mej själv. Jag måste kunna veta att det och det har jag råd till. Jag klarar inte att fråga han Simon om vartenda öre. Då blev jag tokig! Ja, han också!

Rakel skrattade nu.

– Ja, så är det att ha nog med pengar...

Ingrid bara mumlade rakt ut i luften, som om det inte var meningen att Rakel skulle höra. Som om hon pratade om något hon läst i en tidning och var henne så fjärran att hon inte ville bry huvudet med det.

– Nej, nu ska vi inte stå och prata dumheter! Vi ska ha lite roligt, vi tre kvinnfolk. Nu ska vi tvätta oss och snygga till oss och gå ner i matsalen och få oss middag!

Rakel vimsade runt lite grand och sysslade med sitt. Men

Tora såg tydligt att mor hade kört en tagg i moster Rakel med sina sista ord.

– I korridoren finns badrum. I kväll badar vi innan vi lägger oss, vad? sa Rakel. – Men nu är jag så hungrig så jag måste ha mat!

Det var kött till middag. Kotletter! Med dessert efteråt. Senare skulle de få kaffe.

De var ensamma i matsalen. Tora tyckte att lampkronorna hängde däruppe under taket och var en enda saga för sig. Hon måste böja huvudet baki nacken och riktigt *se.*

Så måste det vara i Berlin...

Tapeterna, lampetterna, alla dörrarna, färgerna, bilderna och oljetavlorna. Tora tog allting till sig och var livrädd att hon skulle förbise eller glömma något. Hon kände att hon blev ny, där hon satt. Det var som om hon såg och luktade på ett helt annat vis än hemma.

Så, i en glimt, såg hon mor och sig själv mittuppe i allt detta. Såg att de inte passade in. De var främmande...

Och djupt inom sig kände hon att det blev en reva som hon inte fick låta rämna helt.

Hon kunde inte hjälpa att hon tvärt mindes inköpsturerna till Ottars butik. Satt plötsligt och kände sig luggsliten och smutsig, trots att hon visste att kläderna varit rena om morgonen innan de for. Det var skillnad på folk. Det var också skillnad *för* folk!

De vågade sig ut i ovädret igen. Mätta och torra och med natthärbärget ordnat var *det* ingen sak.

Rakel skulle köpa några "småsaker" som hon kallade det.

Hon köpte jumper och stickgarn på ett ställe.

I ett fönster såg Tora anoraker. Blå. De kostade 59 kronor. Hon såg nerefter sin slitna, hemsydda av lärft. Ungarna kallade henne Spöket. Hon hade vit anorak.

De andra två pratade sig vidare nerefter vägen, så hon måste småspringa för att hinna ikapp dem. De hade inte sett anorakerna. Tora visste bättre än att besvära mor med sådant. Den som kunde haft en. För att inte tala om ett par nya gabardinskidbyxor! Flera av flickorna i Byn hade. Det blanka tyget lyste när de satt i skolan och benen rörde sig under taklamporna. Det blev så fina skuggor när man betraktade dem. Och snön föll av nästan av sig själv.

De gick in i en butik som sålde tyger. Rakel skulle ha tyg till en ny blus. Hon diskuterade med expediten och bestämde sig för något grönt, prickigt tyg. Det såg ut som spindelväv, tyckte Tora.

Ingrid stod för sig själv vid änden av disken och höll någon rödbrun klänningsflanell i händerna. Hon lät fingrarna glida försiktigt över den ludna tygstuven, och var liksom inte till att nå.

Rakel fick sitt prickiga tyg uppmätt och vände sig mot systern för att anmärka ett eller annat.

Plötsligt var det som om hon *såg* Ingrid.

Det flög ett slags ömhet över hennes runda ansikte. Ögonen slöts till hälften och hon försökte säga något. Hon darrade lätt om läpparna ett ögonblick.

– Det var ett fint klänningstyg. Det skulle nog klä dej, Ingrid!

– 12:50 metern, sa expediten opåkallat och tittade avvaktande på dem.

Ingrid såg bort, som om hon ertappats med något otilllåtet.

– Ja, sa hon bara och drog på sig vantarna för att gå. Rakel stod ett ögonblick med ögonen ner i tyget, så såg hon bestämt på expediten och sa:

– Det är svårt att få tag i nåt man tycker om nu för tiden. Jag ska ha tre meter av det där.

Ingrid stod orörlig. Om och omigen lät hon fingrarna

glida mellan varandra. De nakna på högra handen mellan de påklädda på vänstra handen.

Så harklade hon sig och sa: – Du hade kanske blivit finare med nåt grönt – som det där...

Hon pekade uppmot hyllorna på måfå.

Rakel tittade hastigt upp i Ingrids ansikte. Tora kände sig underlig till mods av att Rakel stod där och var så mycket mindre än mamma att hon måste se upp på henne för att möta hennes blick. Det var som det skulle vara.

Förvandlingen.

– Ja, och sytråd och blixtlås i samma färg, sa Rakel snabbt till expediten. – Ingrid, låna mej din rygg... Hon grep måttbandet som låg på disken.

– Jag är ju så mycket längre än du, invände Ingrid lågmält.

Men Rakel svarade inte, mätte bara från halskotan och nedåt. Så avgjorde hon med bestämd röst hur långt blixtlåset skulle vara. Ingrids ögon flög upp och ned efter hyllorna, planlöst och utan att se någonting.

När de väl var tillbaka på hotellrummet, räckte Rakel paketet med klänningstyget till systern och sa: – Förskott på skurhjälpen till våren! Och lite lön för alla mattrasorna du allaredan klippt!

Ingrids ögon svämmade över på ett ögonblick. Tora såg de två kvinnorna hålla om varandra.

Det gjorde de när mormor dog också, tänkte hon förundrat. Men det var länge sedan.

– Du är så snäll, jag kan aldrig gottgöra – detta. Och det är så onödigt, och dyrt. Han Henrik kommer att...

– Vi struntar i karlarna! avbröt Rakel muntert. – Du har förtjänat det. Dessutom är det sant det du sa innan i dag: Att det är enkelt nog för mej att prata om att köpa och betala och räkna mej tillgodo. Han Simon har bra inkomst.

Det är hela skillnaden! Det endaste som är skillnaden, antagligen. Vi är ju systrar. Och jag har glädje av att ge dej detta. Du får inte ta ifrån mej den glädjen. Inte har jag ungar... Jag har bara er.

Rakel tystnade. Hämtade näsduken i kappfickan och snöt sig.

Tora var lamslagen. Hon visste inte var hon skulle göra av händerna, fastän ingen tittade på henne eller verkade undra över var hon tänkte lägga dem. Det var som om det växte någonting glittrande fint fram ur väggarna och golvet. Kom svävande från taket och la sig över dem. Som om hela världen var av glas. Man kunde inte röra sig, inte ta ett steg, för då kunde det gå i stycken alltsamman. Hon kände skymningen i rummet som bomull runt kroppen. Hörde de två kvinnorna prata tyst med varandra om vardagliga ting. Tora stod borta vid fönstret och lät deras röster komma in i sig utan att lyssna till orden. De betydde ingenting längre. Det var bara rösterna: Trygga, låga, tillitsfulla. Hon förstod vagt att orden hade någonting att skaffa med sådant de två haft ihop – förr. Sådant som ingen märkte på dem till vardags: Gemensamma sommardagar och skrubbsår. Ovädersmorgnar på skolvägen. Gemensam sorg och gemensamma julaftnar. Gånger när de tvingats hata varandra djupt och innerligt på syskons vis, för att i nästa stund inse att de var bäst rustade i kampen om de stod tillsammans. Det var inte orden, det de sa, som avslöjade detta. Nej, det var rösterna. Rösterna kom ur en djup brunn av godhet mot den andra.

Tora begrep att om moster än skrattade så hon nästan sprack, så hade hon sina sorger. De var inte alltid så enkla att upptäcka hos en som hade råd att ta in på hotell och köpa klänningstyg.

Man skulle alltid vara på resa i oväder!

Det fanns en flöjtton i fönsterkorset. Den darrade runt allt och in i allt som fanns i rummet. In i själva henne. Det var bara vinden, hon visste ju det. Men den var förhäxad – och blev till en riktig ton!

Hon låg mitt i den stora hotellsängen. Alla lamporna var släckta.

Hörde den svaga klangen från prismorna i lampkronan i matsalen djupt inom sig. Sprött och ljust klingade det, en underlig klang som gick i ett med flöjttonen.

Hon kunde precis skymta möblernas konturer, för lysena på andra sidan vägen trängde gult och mjukt in genom det igensnöade fönstret.

De var tre i den stora sängen. Tre kroppar. Värmen från de andra bägge slog som sommarvind mot huden. Tryggt. Utan händer. Utan farlighet.

Ingenting som knarrade i golvet, som lirkade med dörren.

Bara flöjttonen och lyset genom snödrevet och den ömtåliga förnimmelsen av trygghet.

Hon hörde ibland röster i rum långt borta. Röster som inte krävde någonting av henne, som inte visste att hon fanns. Röster som ingenting hade att dölja.

Tora sov bakom en låst dörr för första gången som hon visste. Det var någonting magiskt med det.

– Lås dörren, hade moster sagt.

Och Tora hade gått över golvet och vridit om den lilla nyckeln. Så enkelt! Att stänga ute världen.

Rentav fönsterkorset, som kunde skrämma henne ifall hon vaknade om natten hemma, det verkade vänligt här.

Det här fönsterkorset var oskyldigt och hade ingenting sett...

Och sängvärmen? Den hade ingenting hetsat eller äckligt i sig. Där fanns ingenting som måste torkas bort eller vikas undan.

Det luktade ingenting annat än hud. Solvarm mossa. Det

var mosters hår utöver kudden. Utöver... Utöver... Det svallade och snodde sig i Toras lösta flätor.

Inom sig kunde Tora ännu höra mosters ljusa röst när de höll på att göra sig iordning för natten: – Vad roligt att du ärvt håret mitt! Annars hade väl ingen gjort det.

Mosters röst var plågad och glad på en gång. Hon borstade Toras hår med långa, varsamma rörelser. Inte fort och tankspritt som mor brukade innan Tora började kamma och fläta sig själv. Så det var inte detta att hon var tyskunge som gjorde det röda håret. Det var inte som i ramsan ungarna gjort om henne: "Håret rött som brand, för mor hennes låg med fiendeman!" Det var arvet från moster Rakel!

Tora hade lust att fråga, bara för att få höra dem säga att det var så, men hon vågade inte.

Mamma var så glad i kväll, helt förvandlad. Hon log. Tora ville inte förstöra någonting, så hon tordes inte nämna något om krig eller tyskar. Då skulle mamma sluta sig och vissna som en blomma om hösten.

Kyliga, främmande lakan. Mammas och mosters regelbundna andetag. Rummet skyddade dem, la sina gränser runt dem och höll allt annat borta. Rummet lät tomheten drunkna i sin egen meningslöshet och gjorde natten dyrbar.

Eller var det inte själva rummet? Fanns det många sådana goda rum i världen, många dörrar att låsa?

Var det bara Tusenhemmet som hade mörkrädda, otäcka nätter?

Rakel och Ingrid andades olika. Mors andetag hade små avbrott. Det lät som om hon glömde att andas ibland, som om hon inte riktigt visste om det var rätt av henne att släppa lös lungorna. Rakels andetag var jämna och trygga. Så var det alltså också i sömnen.

Ingrid vred sig i sömnen och vände sin magra rygg mot Tora. Hon kunde känna det varma trycket av mors kropp

129

mot sig. Tätt, tätt intill.

Rakel vände sig mot Tora. Hennes andetag flög lätt över Toras kind, och hennes arm la sig över lakanet som en måsvinge. Hade både kraft och mjukhet i sig. Även när den sov. Den var vit i mörkret.

De var får som sökte skydd tillsammans bakom en sten när stormen härjade. På en främmande plats skapade de sin egen trygghet och värme, för de fick vara ifred.

De visste att den andras värme slog igenom till dem själva, tvärs genom hud och hull. Det gällde att sprida all den värme man hade, så fick man den tiofalt igen. Här gömde de sig inte för varandra, som hemma. Här blev de inte avbrutna av att mamma skulle till arbetet, eller att *han* kom hem. Här fanns ingen som ropade genom gången eller pratade om kriget.

Men de måste tillbaka i morgon.

Då skulle de åter bli tvungna att förtiga och gömma undan det de bar på. Gömma det så noga att de tvingades glömma det själva. Så var det.

Hemma hade de inte lov att ge varandra den värme de behövde. De blev åter bara skrämda får i vilda fjället.

En liten stund drog hopplösheten in över Tora.

Men hon kämpade med den, ända tills hon såg farmor stryka förbi sängkanten med sitt vita hår och de mjuka rynkorna. Hon såg det vänliga ansiktet och hörde henne prata om far. Rummet blev farmors, fönsterkorset – allt! Hon var i Berlin! Hon hade med sig moster och mamma till Berlin! Och farmor hade bäddat deras säng och ville inte väcka dem och fråga ifall de hade det bra. Nej, hon svepte bara förbi i den långa blå klänningen som böljade svagt och gjorde ett litet vinddrag när hon rörde sig. Och farmor såg att de hade det gott och att de var långt, långt från Byn och Ön.

Det var nästan verkligt. Hon tvingade det in i verkligheten med varenda fiber i sig för att hålla morgondagen borta.

Ända in i den djupa sömnen, till den delen inom sig som ingen människa kan styra, drog hon lukten av solvarm mossa och klara, varsamma flöjttoner.

En gång vaknade hon nästan. Då hade farmor plötsligt moster Rakels hår utöver kudden och hade krupit ner i sängen till henne. Det hade väl blivit för slitsamt att så där sväva runt i det kyliga rummet och hålla vakt, tänkte Tora.

Och kropparna i sängen gled över i varandra och hade inga gränser. Farmors, mammas och hennes.

Så måste hon liksom in under sängen efter moster också, och strävade med att få henne upp i sängen. Det var som om sängen blev alltför liten. Och hon visste att moster måste med.

Vinden hade tilltagit. Det gick inte längre att se ut genom fönstret. Snön gjorde små rännor nerefter glasrutan därute. Men hela tiden kom ny, kall snö som hindrade den gamla från att smälta riktigt. Det var som om glaset grät för att det inte mäktade släppa in ljuset.

Tora stirrade plötsligt klarvaken ut i rummet. Det var grågult, ludet, som ett landskap i dimma. Rutan var igensnöad. De var insnöade. Natten hade varma fötter.

Gud välsigne stormen!

19

– Alla tittar så konstigt på mej? viskade Rakel till Tora.

De stod och såg hur båten la ut från kajen. Det var slut på stormen, slut på drömmen.

För Tora började verkligheten hos de frusna fötterna nere i gummistövlarna, fortplantade sig därefter genom hela kroppen som ett slags ovilja, en trötthet hon inte kunde förklara, för det hade inte varit kallt på bussen och hon hade sovit långt utpå morgonen.

– Jag kan inte se det är nåt konstigt med dej, svarade Tora.

Hon log för att få något av tomheten ur sig. Det blev lättare alltsamman på det viset.

Samtidigt gick det upp för henne att Rakel hade rätt.

Folk stirrade! Både de som stod på kajen och de som fanns ombord. Ja, rentav pojkvaskern som stod nere på kaj-stockarna och metade småfisk såg långt åt Rakels håll.

Tora granskade Rakels ansikte och hela varelsen uppifrån och ner för att finna någon orsak. Men nej.

De hittade plats åt sig i "salongen". Satt tätt ihop. Rakels väskor och paket låg runt fötterna på dem som lydiga hund-valpar. De flyttade på dem ibland när någon kom som måste klättra förbi för att komma till sätet innanför.

Rakel försökte få igång lite prat med henne som satt bredvid. Men antingen var hon osedvanligt blyg, eller så hade Rakel stött henne på något vis, för kvinnan såg i väggen och ville inte veta av något samtal.

Rakel blev sittande handfallen. Så vände hon sig istället

till Tora och Ingrid. Men det hade kommit något osäkert över hennes runda, öppna ansikte. Tora kunde se att moster försökte begripa alla skeva, dolda ögonkast som sändes mot henne i smyg.

Det var som om hon vore spetälsk.

Till sist lyckades de tre hitta ett slags kontakt sig emellan så de kom igenom den enda, men dryga timman det tog att korsa fjordtarmen, lägga till vid de två kajerna, lossa och lasta, släppa av folk och ta emot nya.

Lokalbåten gick inte fort, men den gick.

Det var sista stycket in till Viken kvar, så var det över.

Tora satt och väntade på att någon skulle avslöja sig.

Det hade aldrig någonsin varit så tyst på lokalbåten när hon rest. Det var nästan otäckt. Särskilt var det blicken från gubben som satt mittemot dem. Han sög i tänderna och suckade. Oavbrutet.

Tora visste att han bodde nere i Byn, men hon mindes inte vad han hette.

– Hon har vart ute och rest, sa gubben slutligen – och sög länge och omsorgsfullt i tänderna medan han gjorde sig vid och rymlig i högra mungipan, så de kunde se rakt in till tobaksbussen han ältade därinne.

Rakel lyste upp och lättnaden över att tystnaden hade brutits stod skriven i hennes ansikte. Hon log stort emot gubben och sa att – ja, det hade hon nog. Hon skulle just skicka iväg en ny mening, men höll inne. Ansiktena runt det femkantiga båtbordet hade alla varsitt outgrundligt uttryck. Gubben såg menande på henne och fortsatte suga (det var någonting han inte lyckades befria tandstumparna från), och sa: – Ja, det är väl så. Annars blir det förstås hårt att komma hem. Men det går upp och ner här i livet...

Hustrun knuffade honom i sidan utan att göra någon hemlighet av det. Folk lutade sig framåt med halvöppna munnar som om de var rädda att gå miste om något.

Maskinen dunkade. Havet var lugnt. Ingenting hände.

Men Rakel reste sig tvärt och lät paket vara paket och blickar vara blickar. Hon snappade med sig den lilla handväskan och försvann ut genom dörren.

Ingrid reste sig och gick tveksamt efter.

Tora satt kvar med god plats omkring sig och blickarna på sig från alla håll. De var lite skamsna nu.

Hon stirrade ut genom ett av de sjöstänkta fönstren och höll ut. Hon hade lovat sig själv att trotsa farligheten. Hur visste hon inte, men det blev nog någon råd.

Så hon kunde börja här.

Hon tog sats och spände ögonen så fort i en som satt mittemot henne att han inte hann dra åt sig blicken.

Tora hängde sig fast vid detta enda ansikte, dessa två ögon. Det kändes som om hjärtat fyllde hela henne, växte sig upp genom halsen och huvudet. Så sa hon med underlig stämma: – Varför tittar ni så på hon moster Rakel? Varför blir det hårt att komma hem?

Mannen hon hängt ögonen fast vid vek först – sedan kom det: – Det har brunnit hos han Simon på Bekkejordet. Hela fiskebruket strök med i natt. Inget gick att rädda. Det var ju styv kuling. Vi kunde bara blöta seglen och skydda sjöbodarna omkring. Han var nådig Vår Herre att vinden stod från land!

20

Det steg fortfarande rök ur det svarta tomrummet. Lojt och liknöjt svävade den upp från brandtomten.

Brand!

Det var någonting man hörde talas om. Läste om. Något man ryste över. Något som hände någon annanstans och hos folk man inte kände. Aldrig hos en själv.

Mitt bland de förkolnade resterna av bjälklag, vridna järnskenor och mer eller mindre oigenkännliga föremål som vittnade om att här hade stått ett fiskebruk – mitt uppi allt detta stod en ensam, skrovlig och sotig tegelskorsten och mätte det nedbrända husets väg upp i himlen.

Det var som om den stod där och sa: – Så långt upp nådde Simons välståndsdagar. Så långt. Men nu är det förbi.

Rakel stod i den storrutiga kappan och grep krampaktigt om relingen medan båten la till. Samlade lugnt ihop väskorna och paketen, gick långsamt nedför landgången med Tora och Ingrid tätt bakom sig. Och folk gav plats. De vek undan.

Alla ögonen som suttit som nålar i henne därinne i salongen var nu på plats igen. Hon kände dem i ryggen och bet ihop tänderna. Begrep att det var cirkus för dem, detta. Hon sökte med blicken efter Simons gängliga gestalt på kajen. Han visste att hon skulle komma. Skulle han vara där? Skulle han förstå vad hon hade att kämpa emot? Men nej.

Gott! Så fick hon klara sig själv!

Hon talade inte med någon. Men hon nickade åt dem som grävde blicken *för* ogenerat i henne.

Nickade åt dem, som om detta var en helt vanlig dag. Så satte hon ifrån sig sitt pick och pack på kajen och gick en vända om brandtomten. För hon visste att *det* var det sista de väntat av henne.

Visst skulle de få cirkus!

Men inte så som de tänkt sig. Hon skulle nog snyta dem på hysterin. Skulle ta det med fattning, så de verkligen fick något att prata om. De skulle få se att det gick an. Hon kände ännu inte till omfattningen av det som skett, men hon visste att folk alltid avundats Simon och henne. Kanske mest henne. Missunnade dem att allting gick dem så väl i händer.

Tills nu.

Hon visste att detta var henne väl unt.

Var människa blev för Rakel ett skadeglatt djur som lurpassade och spejade efter hennes svaghet i olyckan.

För hon var nog inte så blyg, så självutplånande som folk helst önskade. Hon föraktade underdånighet och det var galet av henne.

Nu ville de se henne få sitt straff för högmodet. Det var som om hon glömde olyckan för detta enda, att visa styrka.

Men på Bekkejordet fanns ännu en "brandtomt" för Rakel att tackla. För där gick Simon inlåst på vävloftet och ville inte släppa någon in till sig.

Simon hade gått förlorad i branden, han också.

EILERT DAHL
ÖN
Köper all sorts fisk
Produktion – Export – Tranproduktion
Färskfiskproduktion – Fryseri
Bensin – Smörjolja
Sjöbodar – Lagerrum för notgarn.

– Han är inte sen att slå mynt av andras olycka!

Ottar bredde ut Lofotposten på den repiga disken och läste annonsen med rynkad panna.

Henrik stod med bortvänt ansikte och lät karlarna prata. Henrik var nykter i dag. Han hade varit nykter hela veckan.

– Ja, nu är han ensam herre på täppan, han Dahl. Ottar kikade bort mot Henriks rygg. Han ville lura med honom i samtalet. Men Henrik vred sakta på kroken med bleckhinkar som hängde från takbjälken. Det kom ett genomträngande ljud när hinkhandtagen gnisslade mot mässingskroken.

– Han kunde för skams skull låtit bli att trycka den där helsickes annonsen ännu – tills i nästa vecka. Han skulle tjänat lika mycket för det. Vad säjer han, han Simon?

Ottar höjde rösten och bestämde sig för att Henrik skulle med. Henrik vände sig inte om. Stod emot alla ögonen medan han blickade ner i den nedersta bleckspannen med kännarmin.

– Jag hälsar inte oftare på han Simon än du gör, Ottar! sa han plötsligt.

– Sitter han inte kvar på vävloftet ännu? frågade Ottar troskyldigt och mätte upp ett väldigt flak tjockt gråpapper till Einars tågrullar.

– Dom tog mycket ishavstorsk i Lofoten förra veckan, här är fisk åt alla, föll Håkon Himlatitten in, och ville styra samtalet mot trivsammare ämnen.

Men ingen tog notis om honom. Simon skulle belysas.

Det var flera som hade bestämt sig för den saken. Sex karlar på inköpstur. Röken från pipor och fimpar låg tjock under det låga taket. Dörrklockan höll tyst och det fanns tid för prat.

– Är det sant att hon Rakel hotade gå ifrån honom, ifall han inte kom ner från loftet? frågade en kortväxt, flinande grabb med skärmmössan bakfram. Det var en ung spoling som annars borde hålla käft när vuxet folk pratade, men han var en sort för sig och rapp i tungan, så karlarna glömde sig och hakade på.

– Hon Rakel rymmer inte fältet när det bränns lite under fötterna, flinar Henrik och vänder sig tvärt mot de andra. Han står framåtlutad med den dåliga armen liggande på diskluckan. Han betraktar ingen av dem. Säger bara orden för sig själv, ut i luften.

– Nej, hon är inte precis flyktig av sej, instämmer Einar och skakar på huvudet.

– Dom säjer branden var anlagd, menar Håkon.

– I så fall var det inte för försäkringen, flinar Einar och öppnar den slitna plånboken så det skramlar av kopparmynten.

– Det var sorgligt med den usla försäkringen, klagar Håkon och vill låta godhjärtad.

– Å, dom får vad dom förtjänar, faller spolingen in.

Det rinner väta över de immiga rutorna. De är många som andas.

– Fick han nåt? frågar Ottar.

– Fråga inte mej, säger Henrik torrt, griper luvan och vill mot dörren.

– Vad du fick bråttom – jag menade inte att prata skit om familjen...

Spolingen minns plötsligt att Henrik och Simon är gifta med varsin syster.

– Ja, du gick lite långt, din fan! slänger Henrik över axeln. – Kom ihåg det till en annan gång när du glappar med käften!

Det blir tyst i butiken. Ottar står med öppen mun och karlarna ser i golvet.

När mannen väl försvunnit kommer det ändå från Einar:

– När började han koka soppa på svågerskapet med han Simon? Det var en hastig kärlek... eller vad säjer ni?

De ger varandra ögonkast och muttrar så smått.

– Ja, annars är han kvick att berätta hur lättvint han Simon ärvde den gamla onkeln. Lösungen ifrån Bø, som kom till Ön och vart storkarl över en natt! frustar det ur ett grått, avlångt yllebylte som sitter på fjärdingen borta vid kaminen, och som ingenting sagt innan.

– Värst gick det med arbetsplatserna! Det blir väl inte mycket till uppbyggnad om inte han Simon får försäkringspengar.

Ottar betraktar den ene efter den andre, han ynkar sig lika illa som Himlatitten förut.

– Dom säjer hon Rakel har fått'en ner från loftet, menar yllebyltet på fjärdingen.

– Grannarna gick rakt in i lejonkulan och erbjöd hjälp med röjningsarbetet. Ja, arbetsfolket skulle hjälpa till, dom också.

– Utan vederlag, förstås. Dom berättade att hon Rakel bjöd allihop på våfflor och lapskojs. Men han Simon visade sej inte på brandtomten. Det skulle inte förvåna mej om han lägger sej till med fruntimmersnerver nu när han får lite motvind i rikedomen, flinar spolingen och gräver länge och ogenerat i högra näsborren, där han har polyperna – som han inte törs gå till doktorn med.

Ja, ja!

Det var inget illa ment. Inte ett endaste ord var illa ment. Det var bara lite prat i butiken, framsagt en troskyldig måndag.

Det började med ett försök att få Henrik på det hala, och så tog det en sådan olycklig vändning.

Det var gott och väl att ingen överraskande kommit in och hört hurdant de la ut om Simon, tänkte Ottar.

Han gick rundan i kvällsskymningen och låste uthus och butik. Han märkte tydligt på försäljningen av tågvirke och salt att Simons fiskebruk var borta. Men det ville han inte säga något om, det var alltför småttigt och utan någon som helst betydelse för den som hade sina fasta kunder. Men fiskarna köpte nu salt och tåg hos honom efter den olycksaliga branden. Dahl sysslade inte med handel, så som han Simon gjort.

Man såg dem ofta med händerna i fickan och fimp i mungipan när det var dåliga tider. Stod där och handlade så smått ett kilo socker och ett paket tobak, mest hela dagen. Det var de som höll sig bakerst i arbetskön. Andra hade gott brosk i armbågsspetsarna, och de hade ingen tid till sådant.

Men fler och fler skuffades undan när arbetet fördelades och lönerna räknades upp. Det blev gärna de som varken hade gård eller grund. De ägde bara en levnadsstark bitterhet mot det mesta, gott om tid att handla i butiken, men ingenting att betala med. De hyrde sina hus och levde av tillfälliga påhugg där arbete bjöds. Fast arbete var en dröm som gång efter gång drunknade i svarta havet. Eller dinglade ytterst i kajkranen. Gnällde lite grand i oväder eller när andras fisk och gods lastades och lossades.

Hemma fanns käring och snoriga ungar.

Det hände att de fick sysselsättning och reste bort. Alla gladde sig. Det var en underlig sorts glädje. Den hade ingenting med skratt eller livslust att skaffa. Den var bara ett temporärt slut på knotet i magen och de långa sifferraderna i Ottars bok. Den glädjen var av enkel och påtaglig sort. Den frågade inte efter känslor. Den gav chansen att dra hjulet ett varv för pengar.

De som ägde jordlapp och fiskebåt, däremot, hade sin frihet om de också slet hund. Om de var bleka om nosen i hårdaste vintern, så var de ändå inte alldeles blå.

Guds fria fåglar glömde man ofta att nämna. De flög inte – hoppade inte engång. Utan använde vingarna till stöd när de släpade sig omkring i Byn. Vingar kan användas till så mycket.

En sådan var det som bodde på verandaloftet och betjänade en stekpanna med ärligt stulet fläsk. Han hade ingen chans även om han själv ville. Var dömd *innan* brottet var begånget.

Så var det han Dahl, prästen och läkaren – Gud hjälpe dem genom nålsögat.

Dahl var en ärlig syndare, förresten, för han åstadkom arbetsplatser åt många. Han påstod att han skötte sitt företag demokratiskt, vad det nu skulle betyda. Han gick på söndagspromenad i Byn, som den storkarl han var, med hund och hustru och två ungar. Han höll sig likväl inte för god för en hastig vända runtom i sjöbodarna. Något sådant hade aldrig skett tidigare, med sådana som han.

Läkaren kunde man heller inte vara förutan. Det ursäktade det mesta. Man förlät honom gladeligt både det faktum att han var ungkarl och att han hade ord om sig att vara girig. Han skänkte hälsa i en skvätt sprit, om någon var i stor nöd.

Prästen var det värst för. Med honom var det bara helvetespredikan, självgodhet och helig vrede.

Nej, då var det annat med gammelprosten! Det var det flera än Einar som menade.

Gammelprosten hade arbetat som annat folk. Han skötte prästgården själv. Det hände att båtarna med brudpar och bröllopsgäster kom alltför fort till kajen, så han inte fick tid till annat än att gömma kroppen och blåstället inunder prästkappan och lubba till altaret. Det var särskilt i arbetstiden på åkrarna.

En och annan brud rynkade kanske på näsan åt dynglukten och de jordiga galoscherna under svartskörtet, men i stort såg folk på gammelprosten som en storartad arbetshäst. Så dog han också i fårkätten.

Det artade sig så. Han föll på sin post. Fick någon åkomma som skickade honom ur denna jämmerdalen.

Han tedde sig i det sista som en människa.

21

Det verkade som säsongen var slut för Simon på Bekkejordet. Han hade inte ens en usel pulpet att sitta bakom. Inte en endaste löning att betala ut. Och som om inte *en* stor olycka var nog körde förmannen hans foten i spelet och slog den tvärt av.

Det var en lördagkväll som Rakel tog emot telefon om saken. Hon tog det upprätt.

Efteråt gav hon sig god tid, klädde sig rejält och gick med budet till den olyckliga hustrun som satt med tre ungar och väntade på sin man. Rakel gav henne pengar så hon klarade sig en vecka, innan hon vandrade hemåt och gjorde sig beredd att gå upp på vävloftet och berätta nyheten för Simon.

Han vandrade fram och tillbaka däruppe på tredje veckan nu, så det kunde vara dags att ruska om honom lite i tankarna, tänkte Rakel beskt. Hon hade fått en knäck, Rakel också. Men det var inte själva branden som gjort *det*. Nej, det var att hon hade levt samman med en man som hon aldrig känt förrän nu.

Han var inte den Simon hon trott. Den resliga mannen var ett barn. Först hade hon hotat och tjatat, sedan hade hon bara lämnat honom ifred med sin sorg.

Hon bar upp maten till honom och klarade annars det mesta ensam, men hon utkämpade en sammanbiten kamp inom sig som en utomstående nog hade kunnat sätta namn på. Förakt.

Rakel grep klinkan och öppnade dörren. Simon måste ha hört henne komma uppför trappan, för han hade slagit sig ned på soffan som stod under de två fönstren. Han sov häruppe också, de få timmar han unnade sig sömnen. Rakel hade också fått känna på: Att ligga ensam i den stora sängen nere i sovrummet.

– Ska du komma ner och äta i dag, Simon? frågade hon utan omsvep. Hon betraktade mannen som satt därborta i halvdagern vid fönstren. Han hade blivit mager och hålögd av nattvak och grubbel. Men ingenting hade kommit ut av det.

Han skakade på huvudet och gjorde ingen min av att säga något.

– Ska du sitta häruppe tills du ruttnar? skrek hon plötsligt.

Han lyfte knappt på huvudet. Såg på henne som var hon en besvärlig barnunge.

– Det är mycket jag tål, Simon. Alla slags olyckor kan jag tåla att bära. Men att du ska sitta häruppe på loftet som en idiot när jag behöver dej, det tål jag inte! Hör du det!

– Det är slut, Rakel… Jag har inget mer… Jag är ruinerad! Du vet det, du också.

– Se på mej, Simon! Titta riktigt!

Han ser på henne med tom blick där hon står med händerna i sidan.

– Är du ruinerad när du har en käring? Jag har inget tålamod med dej mera, ifall du inte kommer ner. Jag slaktar fåren och reser! Hör du!!

Simon ser förundrat på henne.

– Reser? Du kan inte mena att du reser ifrån en ruinerad man. Jag behöver dej, Rakel. Du säjer bara sånt där för att skrämma mej.

– *Du* behöver *mej*, säjer du. Vad tror du jag gör? Jag behöver inte nån jag, vad? Du Simon, du Simon, lura mej

144

inte att skratta dej rakt i synen! Vet du vad dom ringde om i dag? Nej! För du är aldrig nere i huset och tar emot samtalen som är till dej. Och inte gör du ett skapandes grand annars heller. Allting hade gått omkull om inte jag gjort det som skulle göras! Folk flinar åt han Simon på Bekkejordet. Dom säjer han tar det skralt det här med branden. Dom säjer att byxorna sitter på fel person uppe på Bekkejordet! Hör du, Simon?

– Rakel – Rakel, jämrar han sig och lutar huvudet i händerna.

Då tar hon de två stegen fram till honom och sätter sig i hans knä.

Rakel är taktiker. Lika naturligt beräknande som hon sätter potatis i jorden om våren, lika omsorgsfullt som hon kryddar fårblodet hon just gråtit över – innan hon steker palt, lika naturligt vänder hon den sidan till som måste visas just *nu*. Hon lindar armarna hårt om halsen på mannen och vaggar honom fram och åter.

– Kom ner nu, Simon, så ska hon Rakel berätta för dej om en olycka till. Kom ner nu...

Simon kom verkligen ner i köket den kvällen.

Han lät sig småningom repareras och väckas från de döda. Efter tre koppar kaffe och flera smörgåsar med lammrulle frågade han försiktigt vad slags olycka det var hon hade att berätta om.

– Han Erling ligger på sjukhus med bruten fot!

Hon hörde själv hur brutalt det lät, men hon orkade inte gå här och skona mannen mera.

Hon hade känt till att fiskebruket var dåligt försäkrat, men hon var inte beredd på att *så* lite fanns att hämta. Hon hade betalat ut allt de var skyldiga arbetarna nere på fiskkajen, och nu hade hon bara sin egen lilla hushållskassa i schatullet och en fattig försäkringspremie att lita till. Den senare skulle det visst dröja länge innan hon fick ut också. Och hon tiggde ingen om allmosor. Det skulle de inte få att skvallra om.

Så hade lamningen börjat, och hon måste låta branden och Simon klara sig bäst de kunde. För här gällde det nytt liv, ny mat och nya pengar.

Turid och Anton kom över gärdet en kväll och erbjöd hjälp med brandtomten. Hon kunde gråtit av glädje, men hon gjorde det inte. Det fanns ingen tid till sådant. Och Simon satt på loftet. Hon tyckte det fanns skäl att spara på glädjetårarna.

– Vad säjer du? Har jag ingen förman? Simon blev om möjligt ännu blekare. – Men vad ska jag göra då?

– Där ser du! Du trodde det var färdigt med olyckorna här i huset, Simon. Men jag ska säja dej att om du inte kommer dej iväg till Lofoten och tjänar lite pengar mitt i eländet, så ska du få uppleva den olyckan att du blir utan käring också!

– Ska jag till Lofoten? Jag har inte rott fiske på år... Inte sen jag var grabb!

– Så får du bocka och bli novis på egen båt!

Orden hon skickade över bordet var som froströk. Hon var blek kring näsan, men den pekade stelt rakt ut i rummet.

– Du ska bygga upp bruket också, Simon.

Han log lite grand. Ett misströstans leende som fick hela det styva ansiktet att spricka upp i en ovan rörelse. Det såg ut som om det var första gången han använde de musklerna. Det darrade lätt i mungiporna.

– Rakel, Rakel, det finns saker som fruntimmer inte begriper. Pengar, Rakel! Var ska jag ta pengarna ifrån?

– Du ska låna pengarna.

– Du pratar...

– Du lånade pengarna när du byggde ut fähuset och bytte fönster i hela huset. Jag hörde inget om att det inte gick för sej.

– Du pratar om saker du inte begriper! Det är ingenting att låna pengar när man är god för ett helt fiskebruk, en prima båt – och dessutom är skuldfri. Nåt helt annat är det att låna när man inte äger spikarna i väggen.

Lampan ovanför bordet kastade skuggor över hans fårade ansikte. Hjälplösheten stod ristad i varenda rynka.

Rakel var på vippen att brista i gråt. Det brände bakom ögonlocken och huvudet kändes som bly. En underlig ensamhetskänsla hotade att besegra henne, tvinga henne att ge efter. Men det fick hon inte. Inte nu när hon fått honom ner i köket!

– Länsman menade den var anlagd, gör det nån skillnad om det blir bevisat?

– Tja, det kan väl hända. Jag var en dåre som hade så usla försäkringar.

– Tänker du aldrig på vem det kunde vara, Simon? Som tände på?

– Nej, jag tror inte det var nån som tände på. Husen var gamla, det var oväder, det kunde vara nån som var oförsiktig. Men tänt på... nej... det tror jag inte. Folk är inte såna.

Det blev en paus. De satt åtminstone nära varandra. Bägge tänkte på det, mera än på branden.

– Jag tror det var nån som tände på, sa Rakel hårt. – Det är just såna som folk är!

Simon gick ner i Byn nästa dag.

Det blev tyst där han klev in. Han rustade sig för fiske, för egen del. Gjorde inte någon hemlighet av det.

Ottar hade inga frågor. Packade bara i kartongerna och pratade om vädret.

Det skulle fan själv rå med snön i år.

Det visste Ottar bestämt. Ingen hade upplevt så mycket snö. Det skulle gå både vinter och vår och höst innan den smälte undan, menade han.

Simon svarade. Men det fanns ingen gnista i svaren, och käkarna hängde märkvärdigt tunga på var sida om den bedrövliga munnen.

Kornelius Olsa, som var gammelkarl ombord på "Bris" och hade övertagit kommandot så länge, skakade på huvudet när han fick beskedet att Simon själv skulle ställa i styrhuset. Men han sa inte ett ont ord.

Och han var allt stöd en skrivbordsfiskare kunde behöva. Det hände mer än en gång, kunde karlarna senare berätta – att Kornelius Olsa skakade på sydvästen och berättade för den otålige Simon hur han skulle gjort ifall det var han som bestämde ombord. Och Simon böjde nacken och gjorde som gammelkarlen sa utan knot.

De fiskade någorlunda. Det gick på ett vis bättre när han slapp tänka på det svarta hålet vid Viken hemma. Och det var bra så länge han var så långt hemifrån att han slapp gå till Dahls kaj och leverera fångsten.

Hemma på Bekkejordet började Rakel så smått att sjunga i fähuset och skratta utan orsak. Som i gamla dagar.

Hon hade själv intagit vävloftet och slamrade och slog var ledig stund hon hade. Luft omkring sig hade hon. Utrymme att skramla, verka och skratta.

Men Rakel förstod bättre vilken djup klyfta livet alltid varit för Ingrid. Hon tog vägen förbi Tusenhemmet och pratade oftare än förr, och det var inte bara för att hon ville trösta sig själv.

Henrik gick ut när hon kom.

Det hade han alltid gjort. Rakel visste att det kunde

148

finnas många skäl till det.

Den viktigaste orsaken var väl att Rakel inte brytt sig om att dölja att hon tyckte giftermålet mellan Ingrid och Henrik var en ny olycka för Ingrid.

Det fanns någonting hos Henrik som Rakel inte kunde loda.

Hon kunde inte känna sig tillfreds i samma rum som han.

Kanske var *det* hans förbannelse – att så få fann sig tillrätta i hans sällskap. Han utstrålade något som väckte ovilja.

Likväl måste hon medge att Öborna inte farit alldeles fint fram med Henrik. Han hade armen sin, och det underliga tungsinnet som ibland kom över honom. Ingrid påstod det kom från den gången han blev torpederad och fick järnsplitter i axeln.

Nu hade Rakel sett att också Simon kunde kröka rygg för "järnsplitter".

Karlarna var väl inte av lika segt virke som kvinnorna.

Men det var någonting med Henriks ögon. Låt vara att han gick på fyllan ibland. Låt vara. Men det var någonting annat... Hon glömde inte den gången hon stötte ihop med honom bakom fähuset. Han hade inte sagt något om att han hade något ärende. Hade bara haft det där flinet rakt emot henne, och strukit tätt förbi utan ett ord. Hade det inte varit för att han var Ingrids man och att hon visste att han bara tålde henne så lagom för Ingrids skull, så hade hon trott att han var ute efter det alla löskarlar är ute efter.

Simon reste i hemliga ärenden till Breiland. Han reste lite krumböjd och i än hemligare ärenden till Bodø. Satte ihop kalkyler och skrev viktiga brev, hade djupa rynkor i pannan och krökte de såriga fiskarfingrarna om pennskaftet. Han använde några dagar till detta, väl vetande att Kornelius Olsa klarade båt och redskap. Påskdagarna använde han också till att skriva och spekulera.

Vädret hade bättrat sig så pass att fiskarna fick använda nävarna utanför byxfodret ibland.

I tidningen stod ilskna upprop om att undersökningar av notfiskets verkningar borde göras.

Simon hade knappt tid att läsa sådant, långt mindre reta sig.

Men Rakel satt rätt som det var ensam med tidningen efter vändan till fähuset om kvällen.

En dag läste hon att kyrkans män skulle betacka sig för kvinnliga präster.

Rakel fnös åt att vuxna prästmän ingenting annat hade att syssla med än att betacka sig för sådant, när det fanns så mycket elände i världen. De borde varit både andfådda och svettiga av att ränna runt och trösta och hjälpa. Jesus sa aldrig ett ont ord om kvinnor, om de så var horor, det hade hon själv läst i bibeln.

Så föll hennes blick på bokspalten: "Kvinnorna är hoppet", stod det. "Amerikansk etnograf vid namn: Montagu, har skrivit en bok om att kvinnan faktiskt är mannens överman. Hon har större livsglädje, färre fysiska skavanker, färre nedärvda sjukdomar, större motståndskraft mot fysisk smärta och bättre utvecklad intelligens! De är till och med skickligare bilförare! Mannen vet om sin underlägsenhet och vill därför utveckla härskaregenskaper för att hävda sig. Den vulgära fördelen av att muskelsystemet är bäst utbyggt hos honom. Därmed har vi fått kriget – som är mannens speciella metod, medan kvinnan saknar förutsättningarna. Man måste flytta världen en tum framåt för varje generation. Kvinnorna ger liv. Sviker kvinnorna, är allt hopp ute för mänskligheten."

Rakel nickade medan hon läste. Så hade världen äntligen börjat få upp ögonen! Nej, *hon* skulle sannerligen inte svika!

Men vad var en etnograf? tänkte hon irriterat. Rakel

retade sig ofta på allt hon inte visste, ord hon inte begrep.

Men det där att kvinnor inte hade förutsättning för krig, det var nog inte riktigt, ändå. Rakel kände inom sig att hon var villig till krig om det krävdes. Det fanns så många slags vapen.

Och i en talarstol, ja om så vid ett altare, där skulle hon minsann fått satt ett spjut eller två i prick!

22

Majsolen stekte mot Tusenhemmets avflagnade sydvägg så koleldning blev en onödig utgift under klara dagar. Det var en lättnad för flera än Ingrid.

Hon hade minskat skulden hos Ottar. Och i anteckningsboken på mjölkbryggan var hennes namn struket. Det var som om våren fick ny mening för henne.

Bördorna var nog tunga än. Men det var som att ha gått med 100 kilo på ryggen och så fått 50 avlyfta.

Det värkte inte *så* efter axelremmarna på den ränseln. Man kunde minnas att det varit värre. Det hjälpte.

Ingrid hade skrapat mulljord från ett hemligt ställe bortom gärdena. Där blev bart så tidigt. Låg fint i sydslänten och syntes inte från hus eller väg.

Hon drog hem jorden i en spann på den svarta gamla cykeln. Lät den dingla tung och dräktig från styret medan hon ledde cykeln, för spannen var så stor och tung att hon inte rådde med att cykla.

Så släpade hon spannen uppför trapporna, eldade trots solvärmen rejält i kaminen och hällde jorden i ena brödpannan. All ohyran skulle stekas ut. Det hände att hon räddade någon mask, och bar ut den igen. Men det hände också att hon inte upptäckte den. Efter ett par timmar i ugnen var den styv som en pinne och bortom all räddning, stackarn.

I dag hade hon inte tid att sila jordhögen så noggrant. Skulle till arbetet om några timmar. Och hon måste vara färdig tills Henrik väntades. Han avskydde krukväxter.

Varje vår hade hon jordbytardag. Det var som om hon gjorde någonting otillåtet den dagen. Som om ungdomen och gnistan kom tillbaka för en endaste dag.

Lukten av mylla... Herregud! Den sjönk djupt ned i sinnet, matade henne med någonting livsviktigt. Minnena... Av något annat, något bättre? Den som fick ha minnena ifred! Den som hade ro att sitta ned och göra sig varm och glad med att minnas ett kärt ansikte, händer... något som skulle blivit...

Henrik *fanns*, och han tyckte inte om hennes krukväxter. Han gick sina egna vägar. Likväl höll hon fast. Och han höll fast. De var som blåstången i strandkanten, satt fast på samma skrovliga sten, men lät sig föras i cirklar alltid från varandra, alltid bort.

Hon eldade extra för att få jorden fort stekt.

Ansiktet blev rött av hetta och hon slog upp bägge fönstren. Betraktade ett ögonblick den smutsiga snön bakom uthuset på gården. Vägarna började bli bara. Ungarna höll sig mest där tills det smälte undan från gärdena. Hon kunde höra Elisifs minsta ungar bråka därute. Stackars krakar.

Ingrid skulle satt bröddeg också. Tiden räckte precis. Hon måste utnyttja den goda ugnsvärmen till annat än att steka jord. Annars blev det lyx med hela eldningen. Bortkastat kol. Kastat genom fönstret, skulle Henrik säga. Han var på bruket hos Dahl. Skulle hjälpa till på lagret. Det var som om allt ordnade sig i dag.

Bra att hon hade två brödpannor, nu när det var jord i den ena. Tora fick passa bröden när hon kom från skolan. Det klarade hon säkert.

Ingrid kände som om kraven och gråheten inom henne blev mindre medan hon arbetade.

Nästa vecka skulle hon skura hos doktorn. Det blev lite

extra förtjänst i paketeringen. Det talades om permittering med det snaraste, så det var bäst att kapa åt sig vad man kunde få.

Hon hade känt en sådan underlig trötthet komma över sig på sistone. Det plågade henne och gjorde henne retlig, så hon nästan inte vågade prata med folk. Var rädd att verka stingslig.

Det var inte värt.

Smärtorna i magen hade varit extra svåra den här vintern. Det fanns dagar hon inte tålde maten.

Tora måste ha nya skor och ny kjol. Hon måste få lite nya kläder till 17 maj. Kunde inte gärna gå i gamla anoraken. Den var dessutom för trång.

Kanske kunde hon be Rakel om ett plagg att vända.

De hade väl inte alltför fett däruppe på Bekkejordet heller, även om de hade lite att tära på. Men den bruna kappan Rakel hade förr, den var det länge sedan hon använde. Kanske kunde hon undvara den.

Ingrid planerade. Händerna for som trumpinnar och fötterna bar henne lättvindigt vart hon ville.

Henrik hade skaffat dem en gammal radio. Den var påskruvad tidigt som sent när han var hemma. Den skänkte liv åt huset – liksom. Det måste hon erkänna.

I början tyckte hon bara den kom med ohyggligheter, det var väl från krigstiden...

Henrik hade vuxit framför hennes ögon medan han reparerade och monterade. Och när han till sist fick en skorrande kontakt med världen och det susade som själva storhavet, förstod hon att Henrik *kunde*. Till sist kämpade sig ljudet in i köket till dem. De stod alla tre och stirrade på lådan på hyllan. Det kom ut musik. Och det var Henriks förtjänst. Det hade varit en bra kväll.

De släpande stegen i trappen! Hon kände dem! Det var det.

Något hade gått galet. Så kom han hem långt i förtid, om han alls varit på arbetet. Ingrid stålsatte sig mot det oundvikliga.

Han var inte så full som hon först trodde. Mest grälsjuk.

– Vad fan, eldar du i dag när solen steker i fönstren!

– Jag måste baka bröd, svarade hon och ville hålla god min.

– Puh – bröd! Du håller på med dom helvetes blommorna som bara står i vägen så man inte kan se ut i sitt eget fönster!

– Hysch – nån kan höra hur bitsk du är i dag. Fanns inget arbete mer hos han Dahl?

– Det ger jag fan i!

– Vad du pratar. Vill du ha mat?

– Nä!

Han slängde sig på soffan i hörnet, och Ingrid trodde att han kanske skulle somna. Men plötsligt for han på benen och bort till bänken där hon stod och slog näven i bänkplattan med våldsam kraft.

Nu ville det sig så att brödpannan stod på kanten av vasken. Den tippade över, och den glödheta jorden och den än hetare pannan hamnade över handen på honom.

Henrik skrek till, svor och vacklade över golvet.

Ingrid vred på vattenkranen och ville ha honom att sticka näven under strålen. Men nej!

Just då kom Tora uppför trappen. Hon hade fått ledigt tidigare än vanligt. Hörde att det var bråk och tvekade att stiga in. Såg att någonting var galet, såg det på sättet Henrik ställt stövlarna. Tröjan hade han bara slängt bort i vrån efter sig.

Hon tänkte göra sig ärende i Byn eller på kajerna, men så kom hon på att modern nog hade hört henne. Det var varmt i den tjocka tröjan. Hon drog av den ute i gången. Det luktade nejlikor igen. Hon var våt under armarna.

Modern såg upp när hon steg in. Det var som om hon

155

övat sig. Hon nickade och låtsades som ingenting. Tora satte sig lite tafatt vid bordsänden.

Henrik stod borta vid soffan och blängde ilsket på den brända handen.

– Han Henrik har bränt sej, sa Ingrid förklarande, och kastade en skygg blick bort mot mannen. Tora svarade inte.

– Du kommer tidigt? Modern försökte igen.

– Ja, hon Gunn tyckte det var så vackert väder, hon sa vi behövde komma oss ut i godvädret och solen, mer än sitta inne och skriva.

– Ja, hon vet väl hurdant hon ska få sej en fristund för egen del, den damen, började Henrik.

Det var som om Tora vaknade då. Hon såg! Såg att Henrik kommit hem och ogillade att modern sysslade med blommorna, att han var ilsken över någonting och lät det gå ut över modern, Gunn, henne. Det var som om det kom röda ulltussar framför Toras ögon. Solskenet försvann i ulltapparna. Allt försvann. Allt blev borta i svarta natten, i farligheten, i motviljan och avskyn. Det var som om hon först nu såg honom som någonting annat än det som inte gick att förändra.

Henrik blev bara en människa, han också. Han skrumpnade ihop därborta i sin folkilska och var inte så hotfull nu i dagsljuset...Tora såg att modern sjönk samman för varje ord han sa, samtidigt som hon försökte låtsas som ingenting.

Då var det plötsligt som om Tora inte kunde hålla tillbaka orden längre. Hon visste inte varifrån de kom, hon tänkte inte alls på vad hon sa, det rann bara fram:

– Det är väl en och annan – mera än hon Gunn, som tar sej fridagar, va?!

Det blev en underlig tystnad i rummet. Ljuden utifrån lät som åsknedslag. Takdroppet blev förfärligt, nästan som ett ont varsel. Mamma var det värsta – mamma stirrade på henne med vidöppna ögon. Allting blev overkligt. Tora förnam ett svagt dån, det kom inifrån, från henne själv.

Ingrid stod förstenad, med bägge händerna neri den grå-vita degen ända ovanför handlederna.

En tjock, luden fluga flög förbi under gardinkappan. Vim-melkantig av vinterdvala och solsken.

Så stod han över henne: – Vad menar du?!

Ansiktet var förvridet av raseri.

Tora hade inte trott han skulle röra henne. Inte när mor såg, inte så. Chocken gjorde hjärtat till en fågelunge. Hon orkade inte tygla det. Det flaxade vilt därinne och hon blev fuktig över hela kroppen.

Det var inte smärtan som var värst. Det var inte det att han tryckte till allt han förmådde, så hon inte fick den luft hon behövde och långsamt blev hängande stilla några centi-meter från golvet. Det var inte det att han vräkte omkull henne och gav henne den friska näven i våld. Nej. Det var heller inte så farligt att det susade underligt i öronen och flimrade för ögonen.

Det var den stora näven mot nackhuden. Beröringen, äcklet. Det vederstyggliga i att hans hud berörde hennes – medan modern såg på!

Hon märkte att Ingrid sprang fram och grep honom i armen. Degen och mjölet flög som en hel kuling runt rummet.

När han vände sina sista krafter mot Ingrid, med knytnä-ven mot hennes ansikte, var det som om Tora flög ut ur sin egen kropp.

Hon glömde vem hon var. Hon hade aldrig vetat att hon kunde skrika så fruktansvärt: – Slå inte mamma! Gör du det så mördar jag dej!'

Men han hade redan slagit. Flera gånger. Blodet flöt friskt och rött från Ingrids mun och näsa.

Hon grep rådigt en diskhandduk och höll under. Tora hämtade en av de tjocka, som de använde till händerna, när det sipprade genom det tunna tyget.

Flugan hade hittat vägen ut och det bankade irriterat någonstans i huset. Gunda på första våningen försökte väl sova middag mitt i larmet. Henrik stod på golvet med skrevande ben och lätt framåtböjd överkropp. Handen var halvt knuten. Huvudet var framskjutet som på ett djur som känner sig hotat.

Han andades tungt nu.

Plötsligt var det som om ansiktet sprack. Som om han skulle börja gråta. Han liknade en liten pojke som kommit att förstöra ett fågelbo utan att riktigt vilja det.

Så torkade han sig omsorgsfullt under näsan med handloven och drog sig ut genom dörren utan att se på någon av dem.

Ingrid satte sig på en pall och torkade av blodet.

Tora vred en klut i kallt vatten och räckte henne.

Ingenting blev sagt.

Det förundrade Tora att modern inte grät. Det brukade hon annars när han slog henne.

Det skedde inte ofta – rätt skulle vara rätt. Och aldrig så hårt att blodet flöt. Det hade han gjort för att Tora plötsligt släppt fram ord hon knappt tänkt – ur munnen. Det var visst alltid hon – Tora, som skapade osämja.

Ingrid gick till eftermiddagsskiftet med svullen kind. Hon stod en liten stund och betraktade sig själv i spegeln ovanför vasken. Så suckade hon och drog på den slitna yllejackan hon hade under det vita förklädet på arbetet, plockade ihop sakerna hon brukade ha med och var färdig.

Först när hon stod i dörröppningen med den slitna nätkassen i handen och schaletten stramt knuten under hakan, rörde hon förläget vid Toras arm och sa: – När du har eldat för bröden och dom har gräddat, så måste du ta ut dom. Och... så... måste du sopa upp jorden på golvet efter mej. Efteråt kan du skynda dej med läxorna och gå till hon moster Rakel, eller möta mej på baksidan vid bruket hos Dahl, va?

Tora nickade. Så var modern borta.

Det skulle dröja en god stund innan han kom tillbaka. Det visste hon. Så var det alltid när någonting stod på.

Hon andades ut och eldade rejält åt bröden. Ordnade med spjället så gott hon kunde. Det var glödhett. Hon lirkade med spiskroken, missade – och försökte igen. Skit att hon inte klarade det bättre! Inte för det, hon hade sett när mor missade också.

Särskilt när hon var trött.

Tora var inte trött, ändå kändes det som om hon gått ute en hel dag i ruskväder. Händerna hade domnat. Fötterna också. Konstigt. För det var mycket varmt.

Tora la de nedblodade handdukarna i en bytta med kallt vatten, som hon sett modern göra med underkläderna när hon hade "sina dagar".

Tora hade inte fått sina dagar. Hon längtade inte precis efter dem heller. Men Sol hade förberett henne. Grundligt.

Mor hade också pratat om det som hastigast medan hon gömde blicken i blodvattnet – en dag när Tora överraskat henne medan hon stod och tvättade det värsta ur sina vita byxor.

Märkligt nog hade detta ingenting med farligheten att göra, trots att det kom – därifrån...

Det var väl för att mamma och Sol och hon hade viskat om det. Stängt världen ute och haft något för sig själva. Haft någonting tillsammans. Något som måste döljas, visserligen, men ändå.

Det var på samma gång vardagligt och dödsens allvarligt.

Sol berättade att hon hade gråtit, första gången, för att hon inte visste vad som var galet.

Man måste leva med det nästan hela livet, åtminstone tills man blev gammal.

Det var lite äckligt, menade Sol, men man vande sig snart.

Tora stod böjd över byttan och såg att blodet gjorde konstiga ränder i vattnet. Färgade det långsamt rosa.

Några av de största fläckarna hade redan blivit hårda klumpar och trådar som motvilligt löste sig från handdukarna och sjönk till botten. Där blev de liggande och vaggade lätt medan de sakta blev blekare och gjorde vattnet omkring allt rödare.

Hade det inte varit för att hon visste det var blod, så hade det varit vackert! Det luktade sött om blod.

Det var ingen skillnad på blodlukt varifrån den än kom. Ifall det inte blev för gammalt.

Hon mindes tvärt stanken uppe hos Elisif i vintras.

Modern lät aldrig blod bli gammalt.

Lukten av nygräddat bröd! Den silade ur den spruckna gamla gjutjärnsugnen.

Tora förband sedan alltid bröd- och blodlukt med varandra. Blodklutar och brända fingrar. Trygghet och förbannelse.

Hon sträckte på ryggen sedan hon lagt lock på byttan och skjutit in den under vasken. Genast efteråt krökte hon den på nytt medan hon försiktigt kikade i ugnsluckan och kontrollerade att bröden inte brändes.

Hon flyttade dem högre upp i ugnen och la ett gråpapper över, som Ingrid brukade göra när det var en kvart kvar av gräddningen. Så började hon sopa upp all jorden.

Ingrid var en ordningsmänniska.

Hon gjorde sällan flera saker samtidigt och utan noggrann kontroll, så som moster Rakel ibland. Nej, modern sysslade med en sak i taget och gjorde ordentligt rent efter sig.

Men i dag hade allting gått överstyr.

Tora hade en hel jordhög på sopskyffeln. Hon hällde den i fiskbullsburkarna som Ingrid lämnat på rad på köksbänken. Hon hade omsorgsfullt slagit fyra lagom stora spikhål i botten på varje burk och lagt småsten ovanpå, så jorden inte skulle surna. Hammaren och spiken låg ännu på bordet efter henne.

Tora hade inte lagt märke till hammaren, förrän nu. Det kom över henne ett vilt begär att slå. Bara slå! Tömma krafterna på att slå någonting i stycken.

Nej, förresten, inte bara *någonting*. Något som måste vika hela tiden. Vika för hennes hammare! Darrande grep hon hammaren med bägge händerna. Blev så stående, utan att veta vad hon skulle ta sig till. Så upptäckte hon plötsligt att moderns fina Flitiga Lisa fått en av de största grenarna bruten.

Hon gick med hammaren ut till lådan i gången, där verktygen låg. Det kändes som om hon hade undsluppit något.

Hon fick stötta upp blomgrenen med en strumpsticka.

Nio burkar som allt. Tora stack händerna i den avsvalnade jorden och fyllde burkarna halvfulla. En efter en. Det kändes rent och gott trots att händerna blev alldeles svarta.

Lukten av mull. Lukten av sol in genom det öppna fönstret. Jord mot hud. Blev så hel invändigt av det. Glömde hammaren. Honom. Glömde allt.

Hade mamma också känt så? undrade Tora. – Att hon bara kunde köra händerna i jorden och glömma allting som var hemskt? Det var inte det att allt galet var borta, att det inte fanns. Nej, det gjorde bara inte ont...

Hon såg för sig modern när hon stod så med händerna nere i jorden.

Blekt ansikte omgärdat av stort mörkt hår.

Det hade växt ut igen, tänkte Tora triumferande.

Knuten i nacken som höll på att lösas upp. Modern hade inte permanentat hår, som de andra på fabriken.

Nu satt hon där i det kalla fryseriet med händerna i cellofanpapper och fisk.

Händer måste göra så mycket. Det fanns inget val. Särskilt inte för moderns händer. De var aldrig stilla.

Tora satte försiktigt ner plantorna i de nya burkarna och tryckte varsamt till jorden tills det bara fanns en liten kant för vattnet.

Hon hade hjälpt modern, så hon hade handlaget. Och när hon stod så, alldeles för sig själv och ingen tittade på, kände hon sig nästan duktig.

Så stod blommorna där i de blanka burkarna och verkade alldeles nya. Ännu fanns fula limfläckar efter papperet som suttit runt dem.

Tora vände limfläckarna ut mot fönsterrutan och la huvudet på sned för att betrakta verket.

Det var någonting som fattades. Hon sökte högt och lågt i de tre rummen efter kräppapperet. Till sist hittade hon den gröna rullen överst i köksskåpet.

Med säker hand klippte hon kräppapper i lagom remsor och band kring varje burk. Hon kämpade med pappersrosetter först, men så kom hon på att knappnålar skulle gå lika bra. Och så verkade det inte så utspökat. Mamma var noga med sådant.

Till sist gjorde hon en vacker bård överst. Ingen kunde se att det bara var fiskbullsburkar under! Ingen i hela världen!

Toras huvud låg på sned och lite grand av den ljusröda

tungspetsen stack fram ur högra mungipan.

Mamma skulle bli glad! Hon skulle koka kaffe och vispa pannkakssmet och ställa på bänken – innan hon gick att möta henne. Det kunde bli fint!

Tora hade glömt bröden. Hon hade vant sig vid lukten och märkte inte att den blev allt intensivare. Nu luktade det bränt!

Bröden hade fått en otäck mörk skorpa på ovansidan. Tora brände sig och fick en blåsa på handleden när hon skulle välta ut dem ur brödpannan. Hon blev genast gråtfärdig.

Hon hade trott att allting var bra igen, och så hade hon glömt bröden!

Alltid när man trodde att man ridit ut en olycka och gått igenom den, så kom något och försökte slita glädjen ur kroppen på en. Varför skulle det vara så?

Men mamma hade också bränt bröden. Det hade Tora sett tydligt. Kanske inte *så* mycket... Men hon hade bränt dem!

Fyra bröd blev dessutom uppätna på en vecka, så nästa fredag måste de ändå ha fyra nya.

Pytt!

23

Tora tyckte aldrig hon såg Sol utan minstingen på ryggen. Det var som om de var *en* människa.

Torstein hade fått arbete hos kommunen, så det var bättre med stövlar och bröd, men inte mycket fritid för Sol. Det hade gjorts flera framstötar för att få ungarna utplacerade, var för sig, eller tillsammans.

Det sista var förstås rena önskedrömmen. Folk kunde gott tänka sig den driftiga Sol i huset, men de betackade sig för blöjungar, snor och nattvak. Så allt blev vid det gamla.

Vanda vid Älven kom om vardagarna och såg efter de små och ordnade lite med mat och kläder medan de stora var i skolan. Folk sa hon fick av kommunen för arbetet.

Men om eftermiddagarna och kvällarna var det Sol som tog vid. Tora tyckte Sol liknade en myrstack. Det kravlade och kröp på henne, över henne och omkring henne. Hela tiden.

Men det var som om hon inte lät sig störas särskilt av det. Hon flyttade sig bara lite grand, när det blev alltför illa.

Läxorna gjorde hon uppe på den lilla köksbänken. Med korslagda ben och fint ljus från fönstret under den ljusa årstiden. Men först gömde hon alla pallar så småungarna inte kunde klättra upp till henne.

Sedan satt hon där, i sina egna tankar högt över golvet. Det var som om hon förmådde vrida sig bort ur denna världen. Som man stängde av en radio.

Nu var Elisifs ungar inte de värsta att bråka, så det gick

som det kunde. En dag i sänder.

Barnen var alltid kvinnornas. När kvinnfolken på ena eller andra viset svek, blev det ingen reda med ungarna. Ingen visste vad de skulle göra med dem.

Det kunde finnas högvis med arbetslösa fäder runt omkring. Men det hjälpte inte.

Tora hade ofta drömt om att moster Rakel skulle ta till sig Sol och alla Elisifs ungar. Hon diktade upp det när hon lagt sig och ville få farligheten på avstånd. Det var fina tankar som man kunde ägna lång tid, precis som tankarna om Berlin och farmor. Man behövde inte bli färdig med dem.

Tora såg för sig alla ungarna på Bekkejordet. Så mycket plats! Så fint de skulle få det! Kanske kunde hon vara där själv också. På vävloftet. Där fanns plats för alla småungarnas sängar. Så kunde Sol och hon ligga på lillkammaren med den gröna lampskärmen.

Men det var bara något hon tänkte. Det begrep hon ju. För även om mostern inte kunde få barn själv, så ville hon nog inte ha en hel skock.

Och säkert inte nu – efter branden.

En eftermiddag hade en ny varelse kommit till gården vid Tusenhemmet.

En mager, lealös gestalt stod plötsligt borta vid skjulet och glodde nyfiket på ungflocken som kom dragande från hamnen. Han hade osedvanligt långa lemmar, och huvudet verkade alltför stort och tungt för den smäckra, tunna halsen.

Ändå var det kläderna de fäste sig mest vid. De satt ordentligt runt kroppen på honom, passade precis på alla sätt. Tröjan var varken stoppad eller trasig, vad de kunde se. Den verkade ganska ny och hade varma, avstämda färger i fint mönster, som på en flickkofta.

– Han bara stod där när vi kom upp, viskade Sol och

165

tittade förstulet bort mot pojken. Han kunde väl vara i hennes ålder.

De såg att han svalde några gånger. Adamsäpplet var liksom flera nummer för stort och åkte förskrämt upp och ner. Det verkade som om mor hans hade mera förstånd på att klä pojken än Vår Herre haft när han gjorde honom.

Men ungarna i Tusenhemmet brydde sig inte om sådant.

– Var kommer du ifrån?

Jørgen frågade karlaktigt, väl vetande att han hade hela skocken i ryggen. Men han lyckades inte riktigt få till det där förkrossande tonfallet, som han hört från Ole när någon nykomling anmälde sig i deras revir. Därtill var han alltför upptagen av att detta var en riktig pojke. I Tusenhemmet var det avgjort kvinnoöverskott.

Jørgen hade lånat en gammal svart cykel som stått lutad mot skjulsväggen. Nu cyklade han i cirklar runt skjulet och nykomlingen. Trängre och trängre cirklar. Till sist var han ända inpå och ropade: – Vem är du?

Men främlingen stod fortfarande tyst.

Jørgen stannade alldeles invid honom och upprepade frågan.

Då viftade främlingen med armarna och vevade på så underligt att ingen kunde tyda vad han menade.

Nyfikenheten i ungskocken blev för stor. De drog sig närmare och närmare, som dragna av en magnet. Alla småungarna kom också med. Den yngste på Sols rygg.

Pojken vid skjulsväggen såg nästan vänlig ut, fast skocken drog sig hotfullt inpå. Han verkade mera nyfiken än rädd. Men han sa inte ett ord. Stod bara alldeles stilla.

– Kan du inte prata, eller?

Jørgen stödde sig på ena foten för att hålla balansen på cykeln.

Främlingen skakade energiskt på huvudet.

Jørgen flinade. De andra stod och glodde.

166

– Vad heter du, hä?

Jørgen gav sig inte. Han brukade inte det, fastän han liknade far sin annars.

Pojken öppnade munnen, men stängde den igen.

Så gjorde han en hjälplös rörelse i luften och blev stående att stirra Jørgen rakt i ansiktet, precis som förut.

– Är du konstig – eller?

Jørgen klev av cykeln helt, för han hörde det slå i ytterdörren. Han ställde cykeln ifrån sig vid sidan av den konstige för att ordentligt få grepp om honom.

– Låt honom vara ifred!

Det var Sol som trängde sig fram i skocken. Tvärt och myndigt kom orden, med en auktoritet som varje uppfostrare kunde avundas henne.

Det var hon som först vädrade det ovanliga. Som fick vittring på att allt inte var som det skulle. Självsagt var det Sol som först förstod att stackarn verkligen var stum.

Det verkade som att han inte hörde vad de sa heller. Han vände inte örat till, som han skulle gjort ifall han var lomhörd. Stirrade dem bara rakt i ansiktet. Flyttade hela överkroppen, huvudet och allt mot den som talade till honom. Det såg mer än löjligt ut.

Tora kände ett slags smärta ända från bröstet och ned i magen. Ja, ända ned där det onämnbara fanns. Ett slags gråt.

Hon visste inte riktigt varför. Det var som om våren, allt det hudlösa, allt det onda, alla skuggorna – föll över henne medan hon betraktade den stumma pojken och förstod. Hon kände sig hjälplös och enfaldig.

Tora hade aldrig träffat en människa som inte kunde tala.

24

Frits hade inga fler lyten än det de först upptäckte.

Bortsett från att det blev fastslaget att han var lika döv som han var stum. Men det fanns flera som kunde berätta att det ofta var så.

Ja, och så hände det att han tog till lipen, stora karln. Men det gjorde Jørgen också, när han bara blev ilsken nog.

Frits far var den nya maskinchefen hos Dahl.

Det togs ganska illa upp att Dahl hämtade en främling till Ön. I Ottars butik stod de efter väggarna och svor på att det jobbet skulle flera av dem ha klarat.

Ungarna upptäckte att Frits rentav sprang fortare än Tora. Han var inte särskilt hård i nyporna, men han fungerade utmärkt i försvaret mot ungarna från Byn, helt enkelt för att han var stum. Han spred omkring sig ett slags skräck.

– Där kommer han, stumingen! viskade byungarna till varandra och smet undan.

Och ungarna i Tusenhemmet satte Frits i spetsen vid vartenda fälttåg. De lät den magra pojken gå främst med sina strupljud. Det var oftast nog för att sätta sig i respekt.

Frits och hans föräldrar bodde i en av de tomma sjöbodarna som en gång tillhört Brinchs bruk. Nu disponerade Dahl dem och använde dem till husrum för arbetare som inte hörde hemma på Ön.

Frits mor hade permanentlockar över hela huvudet och hette Randi. Det var liksom bara ett flicknamn. Hon var lika kortlemmad och knubbig som sonen och mannen var gängliga och långa. Ögonen spritte av liv och såg rakt in i folk.

Det var ingen ordning på någonting där i huset. Fadern var tystlåten och log mest, om han inte precis var stum. Ungarna tyckte om honom.

Randi nöjde sig inte bara med att le. Hon skrattade, som Gunn eller moster Rakel. Och det forsade ur henne när hon pratade. Det fanns någonting så ändlöst fritt över folk som skrattade, tyckte Tora. Ja, inte skrattade så där tillgjort och bullrigt, som karlarna i sjöbodarna om lördagarna, eller flockarna av ungdomar som drog förbi när de skulle till ungdomshuset. Nej, mera så att det hördes hur fulla av godhet och glädje över något de var, att de bara inte förmådde stänga det inne.

Randi hade ett lågt, kuttrande skratt. Nästan som ripornas läte om våren.

Inredningen i bodrummet var mer än underlig, tyckte Tora. Där fanns förstås samma spartanska och praktiska ting som i alla andra sjöbodar: Bord, pinnstolar, köksbänk, sängkojer. Vedkamin med det ofrånkomliga torksnöret över. Spikar för spiskroken. Spikar för skopan vid vasken. Hylla på väggen för radion, åt dem som var lyckliga nog att äga en.

Men hos Frits låg det tidningar på radiohyllan, för radion stod inne i ett blanklackerat skåp vid ena sängen. Inuti skåpet fanns också en skivspelare!

Radiokabinettet, kallade Randi skåpet. Det var som ett mirakel.

Tora gjorde stora ögon första gången hon såg det. Frits var uppenbart stolt över skåpet, för han satte en hel trave skivor på stativet över plyschtallriken, trots att han själv ingenting kunde höra. Han lät dörren stå öppen och följde noggrant med varje gång en ny skiva föll ned. Dragspel, fiol, gitarr. Ja, till och med flöjt. Och sång! På det stickade överkastet på britsen satt Tora och lyssnade. Välsignade Frits som inte pratade bort de dyrbara minuterna! Det var nästan som hon fått ett nytt bodloft. Här var varmare och ljusare.

Likväl, bodloftet fanns inte mera! När någonting stod på var hon hemlös som en oönskad fluga.

Hon var en snigel mitt i vagnsspåret. Så det var bara att hoppas att ingen kom körande.

Hon brukade titta långt upp efter den sotiga skorstenen när hon var i Byn.

Precis *så* högt måste taket ha gått att döma av märkena. Tora kände vanmakt inför det ofrånkomliga. Trotset vissnade i henne. Hon hade blivit en annan efter branden, hon också, precis som moster och morbror.

Lågorna! Hon kunde se dem för sig. Såg anteckningsböckerna flyga omkring som svarta, förkolnade flak i kulingen. Såg dem bli borta utöver havet. Som om de aldrig funnits. Tog med sig den goda ensamheten och alla de välsignade flöjttonerna.

Hon hade varit i Breiland när de behövde henne, precis som fadern alltid varit död när hon behövde honom. Han rådde inte för det, han heller. Det var bara som det var.

Men hon hade fått någonting annat i gengäld. Något hon inte engång behövde dikta upp.

Det fanns mera hos Randi och Frits att göra stora ögon inför.

Hyllorna, exempelvis. Många hyllor mellan fönstren!

Flera rader. Det stod inga prydnadssaker och blomstervaser i dem, som det gjorde hos moster Rakel och morbror Simon. Nej, de var packade med böcker. Som på ett bibliotek, nästan. Alla slags böcker. Slitna och nya, tunna och tjocka.

Det fanns inte plats för allihop, så några stod i pappkartonger under britsarna.

Tora tittade i smyg i de tjocka romanerna. Kikade förstulet bort mot Randi, ifall hon skulle ogilla att hon tittade i böckerna eller kontrollera vilka hon tog.

Men nej, hon sysslade med sitt och brydde sig inte om någonting.

Randi hade en stickmaskin som det slamrade om när hon använde den. Och det gjorde hon ofta.

Hon stickade åt folk.

Det hände att hon kokade choklad när Tora var där. Annars höll hon sig mestadels borta i kökshörnet och vid stickmaskinen. Ibland kunde hon vrida på huvudet och leende titta på Frits och Tora. Och Tora log osäkert och förundrat tillbaka. Hon kom på att det var mera än böckerna och skåpet med radio och grammofon som var ovant och stack av i det här hemmet: Det att le åt någon – bara för att le! Konstigt.

Tora hittade en trasig och sliten bok utan ordentliga pärmar. Den handlade om kärlek. En ung flicka gifte sig med en rik herre från England och flyttade med honom till hans slott. Så började märkvärdiga och otäcka saker hända. Det var ohyggligt. Det var en hushållerska som försökte få hjältinnan att resa sin väg. Och så var det den rike mannens döda hustru, Rebecca! Han kunde visst omöjligt glömma henne. Det var ohyggligt. Tora kröp ihop på överkastet och chokladen skinnade sig i koppen. Den kallnade sakta, utan att någon anmärkte att hon sannerligen fick lov att dricka upp.

Tora fick boken med sig hem när hon gick. Hon visste inte vad som var bäst. Skivspelaren eller böckerna. Eller rummet som inte hade minsta skugga av farlighet! Ibland "pratade" Frits och Randi med varandra. Då använde de ett teckenspråk. Lät fingrarna flyga blixtsnabbt framför sig.

Randi var det enkelt för Tora att förstå också, för hon sa högt vad hon försökte låta fingrarna säga. Hon rörde munnen som om den var en tratt. Rundade den, spärrade upp

171

den och släppte ljuden förbi läpparna som om det var viktigt att få med alla småljud som annars hade så lätt att försvinna inombords.

Och Tora förstod att Frits kunde se på Randis mun vad hon sa. Det var underligt.

Tora försökte lära sig teckenspråket, hon också. Det gick långsamt. Men det verkade inte som att Frits lät sig irriteras. På det hela taget fanns ingen som blev arg eller irriterad hos Frits. Det var nästan onaturligt.

De pratade med varandra som om de inte skämdes för att visa att de tyckte om varandra.

Moster Rakel och morbror Simon tyckte också om varandra, likväl grälade de ibland. Åtminstone gjorde moster det. Om inte annat, så för nöjes skull.

Men hemma hos Frits var sådant otänkbart och opassande. Tora undrade om det kom sig av att Frits var stum.

Det blev så att Tora oftare och oftare försummade Sol och ungarna i Tusenhemmet för att vara hos Frits.

Blicken hennes hade hela tiden någonstans att ta vägen. Behövde inte tänka på att den skulle avslöja henne. Antingen vilade den i böckerna eller också hakade hon den i en broderad prydnadshandduk som hängde över vasken. Den hade bilder av en säter, blommor och getter. Och en rödkindad flicka som gav getterna något som stod som en rök ur handen på henne.

Musiken kom genom rummet och lyfte henne med in i broderiet på finhandduken, där det jämt var sommar.

När hon sedan var på hemväg, hände det ofta att hon kände ett slags värk inom sig för Sol. Kände på sig att hon svikit. För Sol kunde inte släpa med sig alla småsyskonen på besök och höra grammofon.

Sol var fånge.

Tora visste att hon svek. Ändå kändes det nästan skönt

172

att gå hemåt i den underliga, blå luften och vara sorgsen för att Sol var fånge.

Det var inte det att hon inte unnade Sol ett bättre öde. Det var bara skönt att känna sig ledsen på ett så fint vis, utan att det gnagde i henne.

En kväll när Tora skulle gå hem följde Randi henne ut i den stora kalla förstugan och sa: – Du är snäll, du Tora, som är så mycket ihop med han Frits. Och att du gör dej omaket att lära dej teckenspråket!

Tora stod alldeles stilla. En rodnad av skam slog upp över kinderna. Så skakade hon tafatt på huvudet. Det var så mycket som borde bli sagt, förklarat, tackat för. Men det skulle låta så enfaldigt. Det försvann genom det gråmålade förstugolvet alltsamman. Med ens förstod hon hur Frits kanske hade det när hon satt på det stickade överkastet och hörde musik, eller när ungarna på gården pratade på utan att ta hänsyn till att han måste se på deras munnar för att begripa. Och Tora tumlade ut i vårkvällen.

Hon gick inte raka vägen hem. Ville ha en liten stund för sig själv. Det var som om benen gick uppför grusvägen till Bekkejordet av sig själva. När hon kom långt upp i björksnåren bortom ljungmoarna, var hon liksom räddad. Då smög hon sig inåt utan att söka stigar eller gläntor. Lukten av björkknopp kom oväntat och tvärt över henne.

Det fick henne att känna som att hon blivit frisk efter en lång sjukdom. Uppe i rasbranterna inunder Veten hörde hon orrar som slog med vingarna och gav ljud ifrån sig.

Tora satte sig på en tuva under ett rönnbärsträd. Underligt svag i knäna. Ljungen och mossan var fuktiga. Snön hade nyss smält häruppe. Hon kunde bara ana att det kommit grönt mellan allt det bruna, vissna.

Efter en stund hade hon ansiktet såpass ordnat att hon

vågade sig nedåt igen.

Och Tora tog genvägen under fiskhässjorna och drog in den skarpa, syrliga lukten av halvtorr fisk, fisk som fallit ner och börjat ruttna, och den konstiga lukten av tång och sjöluft som fanns överallt utomhus om våren. Den hängde sig fast i allt och alla.

Måsen. Måsen var fri och rädd på samma gång, precis som hon. Hon betraktade den. Hörde det på de sorgskärande skriken. Hon hade råd att tycka synd om någon som var mindre fri än hon själv. Det kändes som sammet bakom ögonlocken när vinden strök förbi. Just så.

Småfåglarna var inte lika fria som måsen, och räddare. Det fanns inte så många av dem härnere i Byn. Men på Bekkejordet hade de bon inne i snåren. Man blev snäll inom sig av att titta på dem. Fick lust att hålla dem allihop, värma dem i sin kupade hand. Känna de små klorna och de fina fjädrarna mot huden på fingrarna.

Och hon tänkte på Frits som aldrig sa någonting. Som bara log och lät folk vara ifred.

25

Skillnaden var inte så stor till det yttre mellan Tusenhemmet och sjöboden hos Frits.

Målarfärgen var lika sliten på bägge ställena.

Det var samma slags vask. Ja, om det så var den blå gummikanten på vasken, så var det densamma.

Det fanns flera likheter än det fanns bokhyllor, grammofoner och skivor.

Men det var något i luften. Hemma var det mera ledsamt. Fullt av nervös såplukt och lurande farlighet.

Tora kände sig usel när hon tänkte så, för hon visste att modern slet så hemskt.

Framför allt var det *han*. Ett slags skugga. Ett beroende eller hot, som det inte nyttade att försöka komma förbi.

Tora vande sig av med att tänka på det. En av de få gångerna när hon kommit ihåg att *han* var en människa, var då han slog modern i våras. Vanvettet som fått henne att ge igen, men det gjorde allting än värre för mamma.

Tora hade sett att han hade ansiktsdrag. Men det var inte ofta hon tittade på honom. Det blev alltför vämjeligt. Och plågsamt.

Toras vredesutbrott var ingen vardagsmat. De gjorde oftast bara allting värre, tyckte hon.

Ibland hade hon sett att de orsakat de verkligt stora olyckorna.

Så var det med gråten också.

Man kunde inte visa sig för folk efteråt.

Den var så skamlig i sig själv, gråten. Så alldeles obegriplig och grundlös för den som såg spåren efter den.

Efter att morbroderns fiskebruk brunnit måste Tora gå till skogs för att vara helt ensam. Och även där fanns ibland en pust av farlighet, nu när det börjat vara ljust dygnet runt och hon inte kunde gömma sig i skydd av mörkret.

Särskilt sedan den gången hon sett *honom* komma tyst och snabbt runt fähusknuten hos moster Rakel och morbror Simon.

Tora hade aldrig trott att han fanns däruppe. Hon tappade andan när det slog henne att hon inte gick säker för honom i skogen heller...

– Du borde inte springa så mycket nere hos Monsens. Du bara stör dom. Dom har ju bara enda rummet också.

Ingrid hade sin klagande röst.

– Dom är bara glada att jag är ihop med han Frits. Hon Randi sa det i eftermiddags. Att jag var snäll som är ihop med honom.

– Varför det?

– För att han är stum, förstås!

– Skulle du inte kunna vara ihop med honom för att han är stum!

Ingrid lutade sig trött mot väggen och gäspade, men det hade kommit en rynka mellan ögonbrynen.

– Det tycker jag också, det är inte jag som...

– Nej, nej, men du ska ändå inte ränna nere hos dom hela tiden! avbröt Ingrid irriterat. Det har kommit in fisk, jag måste arbeta ikväll, hur trött jag än är. Du får sköta dej själv, Tora. Det ligger en stor bit kokchoklad i lådan. Det var hon Rakel som kom. Vi tog varsin bit till kaffet, men det finns mycket kvar.

Tora kände orden som en stöt. Hon hade varit så säker på att när modern inte gått nu – så sent som det var, så skulle hon inte till arbetet i kväll.

Hon drog av sig kläderna borta vid dörren och hängde upp dem ordentligt för att göra Ingrid tillags.

Hon hade sett det redan i farstun – hans stövlar stod inte där. Hade blivit så glad... Det behövdes inte mera. Tänkte genast att hon skulle koka te till sig och mor. Så kunde de dricka te och ta en smörgås och prata. Kanske kunde hon berätta om Randi och Frits.

Det slog i dörren därnere och Tora kände kniptången i magen. Var det han?

Nej! Lättnaden varade bara ett ögonblick. Men det blev ett slags andrum, en frist.

Natten framför henne blev som en hel vinter. Den stod kall och fuktig med dörren på glänt. Det fanns ingen väg förbi.

Hon visste vad hon kunde vänta sig.

Likväl berättade hon smått och stort för modern. Låtsades som hon inte ens hört att Ingrid skulle till arbetet. Ville inte att mor skulle känna henne som en black om foten när hon måste gå. Hon mindes bara alltför väl när modern sist försökt slippa undan kvällsskiften, och nära nog blivit uppsagd. Nej, hon hade tillräckligt med bekymmer.

– Dom pratar om allt möjligt hos han Frits, sa Tora. Hon stod med ryggen åt Ingrid och hällde te i sin kopp.

– Vad menar du – allt möjligt? Ingrid var genast på sin vakt.

– Tja, att dom är rädda att pappan ska mista arbetet och att dom oroar sej för att han Frits ska bli gående hemma när han blir färdig på dövskolan. Dom säjer han är för klyftig för att ödslas bort. Och så säjer dom att det slarvas mycket i Byn.

Hon tystnade.

Ingrid stirrade vaksamt på henne.

– Ja?

– Tycker inte du det är konstigt att dom pratar så där när jag hör på?

– Vad är dom för slags folk?

– Han Frits pappa har vart till sjöss förr, men han måste gå iland för hon Randi fick så dåliga nerver av att jämt vara ensam. Tycker inte du det är konstigt att hon sa det själv?

– Puh, så är hon väl en sån där storpratare! Som aldrig kan passa mun.

– Dom pratar inte om vad andra gör, förklarade Tora hastigt och ångerköpt när hon begrep att Ingrid fått en skev bild av Randi. – Ja, vi hör på musiken. Dom har så många grammofonskivor!

Tora pratade sig andfådd för hon var rädd att modern skulle tro hon satt hos Randi och berättade för mycket.

– Du får sluta gå omkring över hela Ön med sånt som inte är för dina öron, eller andras heller!

Ingrids röst var skarp. Bara lite. Men nog. Det blev tomt.

– Jag berättar inte för nån annan än dej, mamma, sa hon tyst och satte sig vid bordsänden.

Det var ofta så att när Tora försökte prata med modern, så hängde Ingrid ett "draperi" mellan dem.

Toras ord fastnade i draperiet. Nådde aldrig igenom.

– Hon Randi kommer visst av storfolk i Bodø. Hon har fått stickmaskin och grammofon av far sin, fast hon är vuxen och lika gammal som du.

Tora lyckades liksom inte släppa hoppet i kväll. Pratade på som om hon var rädd modern skulle bli borta för alltid när hon gick.

– Ja, ja, svarade Ingrid. Hon stod och gjorde sig iordning för att gå. Höll redan den rutiga nätkassen i handen och förmanade Tora om ljuset och värmen.

Tora satt redan och lyssnade efter om någon skulle gripa klinkan till ytterdörren därnere.

Hon kände sig sjuk och vimmelkantig, det var något som knep nederst i magen. Ett slags rädsla. Nej, en tomhet efter en värk. Hon ville inte låta mamma gå! Kunde inte! Hon måste hitta på något! Följa henne ner på gården? Ja!

Tora sprang efter nerför alla trapporna. Ville följa henne ett stycke på väg. Så kom hon på att hon inga ytterkläder hade på sig. Hon stannade och gjorde sig ärende på dass.

Ingrid stod redan mellan grindstolparna. Hon vände sig knappt om när hon hörde flickungen bakom sig. Hon lyfte handen.

Tora stod tafatt kvar. Så lyfte också hon en kraftlös hand.

En liten stund stod hon kvar och såg efter modern och kände att kvällen var utan mening.

Så gick hon sakta in på dass och låste dörren. Där var hon ensam med sitt ansikte.

Hon upptäckte det genast hon torkade sig.

Blodet!

Först ville hon inte tro det. Hennes första tanke var att springa efter modern. Men så slog det henne hur enfaldigt det vore att oroa modern när hon ändå var tvungen att gå till arbetet. Blodet fanns där. Ingen i hela världen kunde göra något åt den saken. Så mycket visste hon åtminstone. Blodet hade kommit för att stanna. Hon hade plötsligt blivit en annan Tora.

En Tora hon inte själv kände.

Sol! Kanske kunde hon ropa på Sol?

Men nej. Sol höll på att lägga småungarna just nu. Sol hade nog med sitt. Hon hade ju hört skrapet och dunsarna däruppifrån som betydde att kvällsskredet var igång.

Tora torkade sig. La en klut av tidningspapper i byxorna, så det inte skulle rinna igenom innan hon kom upp. Det var illa nog som det var. Papperet stack mot huden, det kändes främmande och underligt. Hon rörde sig stelt och långsamt över gården, uppför trapporna och in i köket.

Medan hon svalde något som ville upp i halsen hela tiden, värmde hon tvättvatten åt sig. Tvättningen skötte hon snabbt och ängsligt medan hon ideligen höll andan och lyssnade efter fotsteg i trappan, och hårda tag i ytterdörren.

Två gånger kom det någon. Då drog hon blixtsnabbt ner kjolen och rusade in i kammaren. Hon hann inte få hjärtat med sig. Det dunkade inte förrän faran var över och stegen fortsatte förbi deras dörr.

Hon gjorde sig färdig. Tidningspapperet hon hjälpt sig med brändes i spisen. Det var enkelt. Värre var det med själva byxorna. Hon fick lägga dem i blöt i byttan och sätta lock på. Hon hittade ett par mjuka, rena bomullsbyxor. La en tvättlapp i skrevet och fäste den med två säkerhetsnålar, som hon hört att Sol gjorde när det knep.

Så avlägsnade hon omsorgsfullt alla spår. Det var som om själva tvättningen också var skamlig och måste döljas.

Den kvällen satte Tora inte bordskniven i dörrkarmen. Det hade visat sig vara lönlöst. Den enda hjälp den skänkte, var att hon fick tid att vakna, att stålsätta sig, göra sig okänslig mot det som hon visste måste komma, skilja sig från sin kropp som ett använt klädesplagg på sängen.

I kväll var det som att hon inte orkade längre. Allting hade blivit för stort för henne. Vet inte om hon orkar komma vidare.

Krafter hon inte rår över tvingar henne att hämta moderns stora köttkniv. Den är lång och vass. Tryggare än skalkniven.

Hon lägger den under täcket. I kammaren. Iskall mot huden. Den blir varm eftersom. Glöder.

Känns som om den legat i bakugnen.

Bränner henne i underarmen när hon kommer åt den.

Varje gång sömnen tar henne vaknar hon med ett ryck och är klarvaken. Kniven!

Hon känner tydligt lukten av blod. Alldeles friskt blod.

Men det finns ingen i rummet utom Tora. Den nya Tora!

Månen kommer in genom fönstret. Blek av vårljus och klar himmel stirrar den på henne. Frågar inte om någonting. Vill inte veta, vill inte förstå. Vill inte vara delaktig.

Gardinerna fladdrar i draget från det öppna fönstret. Ängeln hänger som en mörkrädd skugga över sängen.

Blodlukten finns där hela tiden.

Tora huttrar sig genom timmarna. Kommer sig inte för att stänga fönstret.

Så kommer midnattssolen med pilar av ljus mot den tunna huden på ögonlocken. Tröttheten och kylan har rett sig bo nederst i magen och fortplantar sig utefter insidan på låren. Hon kan inte ens röra vid sig själv för att värma sig.

Kniven!

Tvärt är hon klarvaken. Dörren stod redan på glänt! Livet hade blivit så stort och beckmörkt. Det fanns ingen annan utväg!

Kniven!

Men nattsolen frälste henne.

När det blev nödvändigt lyste den rakt mot en röd blomma på golvet. Den skölden var trygg om än ynklig. Den hade räddat flickungar och kvinnor förr, utan att Tora visste det.

En torkad blodros. En mörkröd blomma i de blå gymnastikbyxorna som hon själv sytt i slöjden. Det hörde till ett slags livstycke. Men det använde hon inte.

Hon hade inte haft rena byxor den dagen för... för i

går...Så hon hade tagit på dem.

Nätta, ordentliga stygn. Sydda för hand. Modern och Gunn hade bägge sagt de var fint gjorda.

Tråcklat och kastat. Jämna, snedklippta band.

Hon hade låtit dem falla till golvet vid sängen. I skrevet satt en ros av blod. Skulle skydda henne mot det hon själv inte kunde värja sig emot. Ludna händer, luden farlighet. Natten.

Det knarrade lätt i den tröga dörren. Så blev det tyst ett ögonblick medan skölden stod vakt och solen gjorde sitt. Dörren stängdes.

Det knarrade inte mera förrän hon hörde moderns steg i trappan. Vatten som rann i köket.

Tora sträckte ut fötterna. Kände värmen flyta osäkert inom sig, som om den inte riktigt vågade.

Kände den konstiga, hårda kluten mellan låren. Hon hade inte orkat känna den förrän nu.

Hon hörde modern öppna dörren till vardagsrummet.

26

Tora skulle aldrig bli mor!

Hon har lovat sig själv dyrt och heligt. Aldrig bli gudlig heller. Som Elisif. Aldrig gifta sig med någon som – som *honom*. Aldrig! Hon vill inte ner i fuktiga tvättkällare och gnugga strumpor och underkläder åt någon.

Fruntimren i Tusenhemmet skattade sig lyckliga över att de åtminstone hade tvättkällare. Den har bara cementgolv precis där avloppet och vattenslangen finns, men det är en tvättkällare. Bra att ha om vintrarna, om också ingen värme finns. De har den gamla kaminen med det olagliga röret upp till den spruckna skorstenen. Där kokar två tvätthinkar samtidigt om det kniper. Klär man sig ordentligt och har dubbla sockor innanför stövelskaften lider man inte alltför mycken nöd. Ja, det förstås om man inte är lat och samlar ihop månadsgamla tvättkläder och måste stå med krokig rygg hela dygnet till sist. Men såna har bara vad dom förtjänar, menar Huckle-Johanna.

Alla fruntimren i Tusenhemmet har varsin tvättdag. Ja, och så han Einar på gångloftet.

Men det är inte mycket till tvätt han åstadkommer, arma kraken. Det händer att Huckle-Johanna rycker ner hans kläder från linan och blöter dem på nytt. Einar blir grov i mun när han upptäcker det. Sticker fram skallen på sträckt hals och ropar på han Satan och hon Johanna. Men Huckle-Johanna är van vid envisa karlar och tar alltsamman med ro.

– Vi ska inga skitrövar och lusskägg ha här på gården!

Det har vi aldrig haft! Du får finna dej i att jag kokar underbyxorna dina, din skitgubbe du är!

Men nåde den som bryter tvättdagsordningen!

Hon får finna sig i att skällas nerefter trappräcket. Det hände ytterst sällan att någon försökte. Och då skedde det oftast i misshugg. Tusenhemmet hade sina få, men järnhårda lagar i krig som i fred. En av dem var tvättdagsordningen.

Tora ville ha ett eget hus när hon blev vuxen. Som moster Rakel. Hon ville inte ta emot ovett av andra. Tora svor på detta när hon satt på trappsteget upp till Elisifs loft och tröstade Sol som blivit utskälld av Huckle-Johanna för stulna tvättimmar.

Hon hade varit nere i källaren och lagt blöjor i vatten på fel dag. Och så var träbyttan upptagen när Huckle-Johanna kom ner. Sol hade inte orkat hålla reda på dagarna den här veckan. Tog onsdag för torsdag, för det var slut på blöjorna. Det var hela olyckan. Sol var inte gift, hon var inte engång konfirmerad, likväl satt hon fången i ett mönster hon hade skrämmande liten chans att bryta sig ur.

Men Sol hade drömmar ingen fick del av eller ta ifrån henne. Hon kunde sitta på köksbänken med benen i kors och stirra ut genom fönstret medan hon tuggade eftertänksamt på den gula blyertspennan från skolan. Stirra och stirra. In i en härlighet som var fullkomligt fördold för alla andra.

Och onsdag blev till torsdag utan att hon visste hur det gått till.

Bort! Bort från Ön! Det var målet för dem bägge!

Sol snyftade så smått och drog i den slitna koftan.

Tora höll med, men hon sa knappt något. Nickade bara och samlade bägge flätorna till en strut under hakan.

Men hon ville inte bli tvungen att rymma! Tora skulle en vacker dag kunna berätta för alla hon mötte att hon, Ingrids dotter, tänkte resa bort för en tid.

Hon ville aldrig få det så att hon tvangs resa, som modern en gång måste...

Hon ville inte bli ivägskickad heller, som Elisif.

Nej, alldeles frivilligt och för att hon själv bestämt det, skulle hon resa.

Hon skulle inte låta sådana saker som bara vuxna kvinnor hade ord för – bestämma. Aldrig!

Inte ville hon bli tvungen att rymma som fadern åt hon Kiosk-Jennys unge. Den uslingen!

Nej, hon skulle skaffa en bra orsak. Det skulle vara lika naturligt som när moster for till Breiland för att laga tänderna. Ja, lika naturligt som vårregn.

För hon skulle ha lov att komma tillbaka, utan att någon bråkade med henne! Lika självklart skulle hon komma tillbaka när hon fick lust – som majsolen och knopparna på träden.

Frits hade en sådan orsak. Men han längtade bara hem när han var borta på skolan. Och det fastän alla var så förskräckligt snälla där.

Han hade själv berättat det för henne med sitt teckenspråk. Enkelt. Fyrkantigt. Men han hade format det för henne på sitt vis. Tora begrep det på ögonen, på hela hans ansikte.

De kunde sitta i timtal på hans stickade sängöverkast medan Tora övade sig i teckenspråket.

Roligt var det. Men det gick långsamt. Hon lärde de andra ungarna de enklaste tecknen. Men de hade inte tålamod att använda dem när de lekte ute allihop. Tora låg en hästlängd före och blev liksom en sammanhållande länk för att hon lärt sig mest. Det kändes bra.

Gunn sa att det var nyttigt att kunna, när hon hörde talas

om det. Och Tora tyckte detta var bättre än när Sol och hon var mindre och var de första som lärt sig rövarspråket. Gunn bad ungarna ta med sig Frits upp till Gården så han fick vara tillsammans med dem när de var i skolan.

Men Frits skakade på huvudet när Tora nämnde det, och ville inte.

Till hösten, i september, måste Frits tillbaka, sa Randi.

Och hennes blick hängde hjälplöst vid sonen när hon talade om det.

Tora satt i trappen med Sol och tänkte på allt detta, medan Sol pratade ilskan och förödmjukelsen av sig.

Det måtte ändå vara fint att ha det som Frits. Att ha ett namn för sin olycka. Namn som skänker en orsak att resa sin väg, och som gör att folk känner längtan efter honom när han inte finns hemma.

27

– Det står att en tysk trålare, Heinrich Kaufmann, fiskar för fullt innanför fiskegränsen utanför Fruholmen!

Ottar läste högt för karlarna.

Han hade tagit en liten rast, trots att det stod några ungar och väntade på tur. Man ska inte lära dem ovanor. De får lära sig vänta, de också.

Tora tappade hakan. Glädjen över att hon hade 85 kronor med från modern var bortglömd på ett ögonblick.

– Skjut dom jävlarna! sa Håkon dovt. Han flyttade pipan till andra mungipan.

– Här står mera.

Ottar hade kommit igång nu.

– Dom hade tio ton fisk ombord. Men nu ska dom ställas inför domstol i Hammerfest. Tja, det kanske hjälper. Men jag tänker på alla dom som *inte* blir tagna.

– Å ja, det kanske inte bara är gestapo, dom hundarna, som är ute och stjäl fisk! säger Einar och sjunker ner på en ledig stol vid disken.

– Här står mera, fortsätter Ottar. Han är den som förmedlar stora världen till den enfaldige Einar i Tusenhemmet och de andra i dag. Han är förtjust i rollen och glömmer alldeles att expediera ungarna.

– Tio års ockupation av Västtyskland ska upphävas i dag! – Ja, ni ska se att vi har dom över oss om några år igen. Med bomber och raketer, hä? Att dom allierade inte hade ihjäl dom när dom fick chansen?

– Ja, ja, dom är väl folk dom också, sa Einar eftertänksamt. Inte allihop var med på slakten. Dom har väl inte haft det så bra efter kriget. Vi får tänka på...

– Puh – kommer du rakt ifrån kyrkan? Kornelius vaknade tvärt vid diskkanten och flinade hånfullt.

– Nej, smackade Einar motvilligt, men jag tror nu en gång vi måste börja om på nytt och ge fanskapets ungar en chans.

– Du glömmer minsann fort! fräste Kornelius ilsket.

– Kanske är du likadan som dom här det står om i tidningen – låt mej se nu... Jo, här står det: ”Befrielsens tioårsjubileum! Två minuters tystnad, kl. tolv, tio minuters ringning i kyrkklockorna. Kriget lärde oss värdesätta sanning, frihet och fosterland, och respekten för människovärdet!” Jo, kyss mej! Tio minuters tystnad i värdighet, för fem års krig, hä?!

– Jag har aldrig mätt mej i lag med storkarlar, varken när det gällde skrålet eller dom tio minuternas tystnad i all helvetes värdighet! Och det vet du gott! Men du vet också vem det är som slåss när det är krig. Det är småfolket! Det är såna som jag och du! Och vi är bäst betjänta av att fanskapet och kriget slutar! Begriper du inte det, din träskalle?

– Så, så, bråka inte om det där, det blir bara elände av det, menade Ottar och fick syn på Tora.

Han harklade sig och nickade fram henne till disken. Och Tora gled långsamt fram och in i kretsen av blickar. Hon kände hur det brann baki nacken när alla gubbarna kom ihåg vem hon var. Ändå stålsatte hon sig och tittade rakt på Ottar när hon lämnade honom lappen från modern och de 85 kronorna.

På lappen stod det: Skicka med Tora två kilo mjöl (grovt vete) och en ask tändstickor och ett hekto jäst. Pengarna är avbetalning på det jag fått tidigare. Ingrid.

Tora lyfte hakan och fäste blicken vid knippet med färglå-

188

dor som hängde på hyllkanten mittemot.

Det blev plötsligt alldeles tyst i butiken.

När hon väl kommit ut på vägen igen, sitter ännu en konstig liten ömhet i henne för Einar på verandaloftet, som inte tycker om ungar, men som *såg* henne hela tiden.

Han la sina ord så att hon slapp undan det värsta.

Och Tora förstod att folk inte jämt är som ryktet påstår. Hon bestämmer sig för att inte tro ett ord av det som pratas i Byn om att Einar stjäl som en korp. För Einar är en sådan som ser och hör. Det är det viktigaste hos folk.

Hon sparkar trotsigt en liten sten framför sig hela vägen upp till Tusenhemmet, fastän hon vet att hon inte får göra så. Skorna är för fina för sådant. De är splitter nya och ska bara gås ut i dag så hon slipper skavsår 17 maj.

Tora har ett stort sus inom sig. Kom det från havet? Eller från den spretiga björkskogen som stod och inte visste om den tordes slå ut och grönska? Eller var det bara flöjttonerna inne i henne. Vissheten att hon vågade möta Ottars blick när hon räckte fram pengarna.

Vågorna! Det fanns en sådan styrka i dem, en sådan varsamhet.

Havet susade i en jättesnäcka. Tora visste att hon hörde toner som kom utifrån, från ett större sammanhang än vad hon kunde få i Ottars butik. Tora visste att det fanns flera och större sanningar än vad de pratade om där.

Men hon kunde inte sätta ord på dem. Hon kunde bara känna ett slags glädje över det, en glädje som hon kunde ta fram när det blev mörkt och hon behövde den.

28

De stickade lapparna bildade ett mångfaldigt mönster. Rött restgarn i alla nyanser vid sidan av varandra.

Randi lät stickmaskinen gå. Hon hade redan skänkt Tora lapptäcket, trots att det ännu inte var färdigt.

Tora hade tiggt rött garn hos alla hon kände. Ja, till och med Gunn hade gett henne ett litet nystan.

Men hon frågade inte modern.

Täcket växte, och när Tora var i Byn efter mjölk, gjorde hon sig ärende upp till Frits och Randi för att se hur mycket som var kvar innan täcket var färdigt.

Randi ville alltid att hon skulle stanna en stund.

Det var fina timmar. Tora gömde undan dem hon haft och gladde sig åt dem hon skulle få. Så hade hon alltid någonting fint att tänka på.

Ibland följde Sol med, ifall hon förmått Jørgen att passa de minsta en stund.

Och Sol tog in allt hon såg med andakt och skinande ögon.

Särskilt sängöverkastet och radiokabinettet.

Frits bara pekade retsamt på sitt eget överkast, så de skulle förstå han tyckte det var finare. Så skrattade de lite grand.

Han släppte fram de underliga strupljuden som han brukade när han skrattade ihop med folk han kände. Ifall det fanns främmande med, skrattade han alltid ljudlöst.

Den dagen täcket var färdigt, sprang Tora och de andra bland fiskhässjorna och lekte rymmare och fasttagare, fast de egentligen var för stora för sådant. De hade småungarna med sig och lekte liksom med dem.

Då öppnade Randi fönstret och ropade in Tora till sig.

Det var som om Tora hade föreställt sig att täcket alltid skulle vara ofärdigt, och något som Randi höll på med för hennes skull – jämt.

Hon stod andtruten i dörren och hade ännu inte fått av sig stövlarna när Randi höll upp täcket framför sig. Det hängde från hennes utsträckta händer ända ner i golvet.

Tora stod tyst en lång stund och bara tittade.

Hon klarade inte att få fram ett enda ljud till tack.

– Du kan ta det med dej, sa Randi mjukt.

– Å – nej!

Tora fick äntligen mål i mun. Såg förskräckt på Randi.

– Jo, självklart! Det är ju ditt! Garnet har du till och med skaffat själv. Varsågod! Slit det med hälsan!

Randi skrattade och packade in det i ett stort gråpapper. Tora stod rådvill och plockade med några garnändar som låg på köksbordet.

– Ja, ta med dej garnet också. Kanske måste du stoppa med tiden.

Tora skakade på huvudet. Så kom det stötvis:

– Kan det – kan det få vara här? Täcket – menar jag? Det är fint att ha nåt att sitta på – när jag är på besök. Ja, jag läser ju här – menar jag.

– Men *vill* du ha det, då? Randi lät besviken. Hade väl väntat någonting helt annat. Kanske att Tora skulle springa raka vägen hem och visa upp täcket.

Tora begrep. Det blev en pina som hon inga ord hittade för. Men det fanns inga utvägar! Hon kunde inte breda ut det här täcket på sängen hemma. Aldrig!

Hon kunde inte hjälpa fram de riktiga orden.

Bara ett fattigt tack.

191

Det blev ingenting mera sagt om att lapptäcket skulle till Tusenhemmet. Det låg hopvikt vid fotändan av Frits säng.

Det sista Tora gjorde innan hon gick var att vika samman täcket till en luddig, varm fyrkant.

Randi hade skänkt henne en annan gåva också. Den tog hon med hem. "Ett moln på min himmel" hette den och kostade 12:50. På skyddsomslagets flik fanns en bild av en ung kvinna med det orimligt konstiga namnet: Françoise Sagan. Tora fäste sig vid bilden, men glömde snart bort namnet.

Eftervart som hon läste, lät hon sig förfäras över hur elak hjältinnan Cecilie var. Motvilligt måste hon medge att detta var en bok som inte hade några "snälla" människor. Det var underligt. Fult! Tora visste inte ifall hon tyckte om boken.

Till sist insåg hon att om man skulle skriva böcker om folk som verkligen lever, så kan det inte bli annat än just: fult! Och hon tänkte på farmodern i Berlin, och det smög ett slags oro in i henne. Att det kanske inte var fult nog att vara sant.

När Tora läste, släppte det mesta taget inom henne. Det var som att ro ända ut från Storholmen och sjömärkena. Öarna långt därute kom liksom glidande på den breda, gröna ryggen – mot henne. Ville ha henne, straffa henne, dra henne med. Och där fanns en evig rörelse. Tung, men samtidigt lätt. Kraftfulla, släta vågor som varken hade början eller slut, som bara gled evigt inåt i sin egen rytm. Gång på gång.

Det var därför hon alltid rodde bakfram.

Alla skrattade åt henne för att hon rodde tvärtom.

Men Tora brydde sig inte om det. Hon måste *se*. Hon måste in i "det" med öppna ögon. Hon ägde liksom allt så långt synranden räckte. Kände rentav vägen bortom det hon kunde se. Kunde följa farleden i fantasin där jordklotet krökte och stupade brant nedåt. Ja, fast egentligen var där inte så brant, ändå. Det visste hon ju. Allting hände inte med en gång.

Hon hade sett fjällen på fastlandet dyka upp lika tvärt i himlen när ljuset stod på det viset. Men hon visste ju att de låg i havet, de som andra fjäll.

Likväl. För henne var det sant: De låg i himmelen. De var en väg att gå. Senare.

I verkligheten var vägarna ut i världen motiga och långdryga. Visst! Man måste ta sig tid att lära känna vägen. Man måste lära sig söka och välja.

Det var som att gå i en labyrint. Man sökte hela tiden, kunde inte hjälpa att man gick fel. Men man visste åtminstone att andra vägar fanns. Och man visste alldeles säkert att *en* väg ledde ut! Det var bara att ta tiden till hjälp, stumt som Frits, utan att förklara någonting för någon.

Alla stegen, alla tankarna var till för att vandras och tänkas. Man kunde gärna släppa dem ett ögonblick ifall man måste, men de kom tillbaka. Alla årtagen var nödvändiga, de var en del av vägen.

Så var det med böckerna också. Tora hade alltid en bok hon inte läst. Hon fick låna av Gunn och Randi. Hon strövade mellan de dammiga hyllorna på biblioteket i kommunens barack och var tyst som en mus.

Hon hittade något att titta på medan Dordi stämplade hennes kort och frågade om hon lånade åt sig själv, eller åt modern.

Tora betraktade krampaktigt tavlan som hängde ovanför huvudet på Dordi och sa lätt: – Både och!

Och bondgården på tavlan hade så vemodigt bleka färger, fåren var alltför snövita, och den lilla tjärnen i skogskanten alltför blå. Och Tora tänkte att det nog var vackert, men det var inte sant.

Och hon mindes hur det kunde se ut en klar förmiddag i april, när solen kom in genom fönstret och gav sig till att gräva under sängen hennes. Då hjälpte det inte att hon skurat dagen innan. Solen visade henne att det fanns miljoner dammkorn där. Solen visade henne att sängen var en skam i sig själv. För den fick henne att minnas.

Det var sant. Men det var inte vackert.

Ibland måste hon tvärvända på vägen. För att rösterna kom in i henne från ingenstans – och sopade bort alla tankar. Eller hon måste vända båten för att vågorna från storhavet blev alltför skrämmande och tunga, också i stiltjen.

Ändå kunde hon veta att det inte var slutet. Inte ännu. För labyrinten förde bara styckevis rakt framåt. Det visste hon ju!

Det kom alltid dagar när någon ville låna henne en båt igen. Det fanns miljoner olästa böcker i världen.

I historieboken stod att Berlin var en bombad stad, där folk ännu inte hade lov att vara vänner.

Tora såg för sig de sönderbrända kropparna, avslitna lemmar, såg flammorna som slickade ansiktena som delvis bar hennes drag. Det var en pina medan det pågick. Men det gjorde hennes tankar så fula och verkliga att hon kunde unna sig att ha en livs levande farmor mitt i alltihop.

Mor tog inte mera upp samtalet om hennes far. Tora förstod att *det* blev alltför fult för henne.

Hon fick vänta, hon fick vandra vägarna – ensam. Det fanns ingen annan råd.

Och hon tvang sig ut i regnet om så var, tvang sig att fly hemifrån. Fort, fort. Hon hade med sig alla tankarna i flykten!

Tora kunde undra hur faderns säng såg ut, där i Berlin. Eller hur porten såg ut.

Pricken på kartan i hennes atlas utvidgade sig ibland och växte in i hennes huvud. Hon såg alltsamman som i en glaskula i sagan. Och Tora visste att det inte var fult nog, det hon såg, att kunna vara alldeles verkligt. Ändå *såg* hon: Ett hus i en stor trädgård. Gula ljus åt ena hållet, mot den breda vägen och de höga grindstolparna. Skog åt det andra. Det susade i de stora grenarna, och det växte ormbunkar och blommor mellan träden.

Hon såg det hela ovanifrån, stort och vidsträckt – och betraktade det medan det smalnade av inåt i sig självt. Och mitt inne i bilden växte ormbunkarna. Saftiga, starka och gröna. Ut från dem bredde landskapet ut sig. Kyrktornen, husen och trädgårdarna åt ena hållet, sjön och skogen åt det andra.

Hon såg alltid detsamma. Så blev det verkligt för henne. På ett vis välbekant. Men hon hittade jämt nya detaljer.

Huset hade en bred cementtrappa med gyllene räcken.

Huset var vitmålat i två våningar, men inte lika högt som Dahls. För det verkade bara kallt och högmodigt, tyckte Tora.

Nej, faderns hem hade två vindskupor som vette ut mot trädgården och rosenhäckar ut mot gatan.

I en rabatt invid trappan stod tätt med sådana blå blommor som hon sett i en trädgård i Breiland förra sommaren, men som hon inte visste namnet på.

Farmor visste förstås att det inte var ont att vara tysk. Hon visste att de hemska rösterna de sände i radion ibland, de som talade hårt och vredgat och tyskt, de var bara för att skrämma folk att minnas kriget som alla egentligen ville glömma. Farmor visste att pappa inte var någon fruktansvärd tysk soldat av det slaget som fanns avbildade i tidningar och böcker, med läderstövlar och bajonett. Farmor visste att allt det där bara var påhittat för att plåga sådana som hon och ge ungarna rätt att skrika efter henne.

Ibland tog Tora Frits med till Berlin. Men då kom hon aldrig liksom ända fram. Det var som om tanken på Frits störde. Hon måste se allting med hans ögon. Och då kunde hon plötsligt se att det inte var fult nog – att vara verkligt. Det kunde fördärva en annars bra dag.

Frits!

Hon kunde sitta i hans sängkoj med det stickade överkastet över höfterna och benen och låtsas att hon läste, medan hon noga betraktade hans långa fingrar när han vände blad i sin bok.

Han hade så märkliga, starka fingrar och handflator. Starka händer som bad om någonting. Det hände hon kom av sig när de talade med teckenspråket, bara för att hon blev förvirrad av hans händer.

Och då, när han märkte att hon inte följde med, böjde han sig tätt intill hennes ansikte och såg rakt på henne med skrattande ögon och tog långsamt om alltihop igen.

Eller han grep hennes händer och gjorde tecknen rakt mot hennes handflata.

Det var så orimligt underbart. Hon kunde inte hjälpa det. Varma ilningar genom hela henne. Från nackgropen ända ner i låren. Hon kände den svaga såplukten ur hans hår. Han hade redan lite fjun på överläppen.

Underligt: Hade han inte varit stum skulle han kanske börjat ändra röst, som några av pojkarna i skolan hade gjort. Så att flickorna bara vek sig dubbla av skratt när de skulle sjunga, och Gunn måste titta strängt på dem.

Hade inte Frits varit stum...

Underligt att hon aldrig kände sig äcklig eller förlägen

när hon var tillsammans med Frits. Skämdes aldrig över att koftan stramade och blev alltför kort och trång över bröstet, även om han tittade rakt på henne. Var det för att han var stum?

29

Hjortronblomningen var skamligt försenad på öarna.

Folk menade att det måste röra sig om tre—fyra veckor. De väntade på östanväder och värme.

Men i Oslo var de mera upptagna av Billy Graham som hade åtagit sig att förena statskyrka, frälsningsarmé, baptister och pingstvänner. 35 000 fyllde Ullevål stadion. Det var så avlägset, och det kunde inte vara lika viktigt som hjortronblomningen och potatisväxten.

Svartsjuka och synd var sjukdomar i själen, menade den store predikanten. Det fanns bild av honom i tidningen. Folk nickade med huvudet i största allvar och gick sedan hem och praktiserade både det ena och det andra. Så hade det alltid varit på Ön.

De kom inte i tusenden för att omvända sig, så som i Oslo. På Ön var det inte säsong för omvändelser den här sommaren. Folk var just färdiga med förra väckelsevågen, den som slagit Elisif till jorden. Allting kom med minst fem års fördröjning. Så Graham fick vänta till ett år med bättre hjortronblomning. Ingen brådska med det.

Värre var det att mjölkpriset skulle upp 15—20 öre litern. En fattig stackare fick släppa till sista skärven för blåmjölken på salubryggan, om han inte hade tid och råd att föda en ko själv.

Bönderna hade tvingats till nödslakt den här våren. Det blev pratat om oår. Vintern var ett enda oår själv. Våren var som en bortglömd målarpensel i källaren. Den var inte rengjord. Stod bara och spretade i en sprucken glasburk, torr och oduglig.

Så nu fattades bara ett dåligt sejfiske och en regnhöst så höet fick ruttna ifred. Så kunde Billy Graham frälsa vem han ville, där söderut.

I Tusenhemmet var det så att Tora inte hade en ros i de blå gymnastikbyxorna varje gång Ingrid skulle på kvällsskiftet. Allting hon sagt sig om att hon bara skulle ro, flyga, bli borta med vinden, allt det gick inte när det kom till kritan. Det att hon trodde mor skulle bli stark nog att rädda henne – gällde inte i verkligheten.

Viljan blev så darrande och mörkrädd med ens. Hon kunde springa till moster Rakel och berätta allt, tänkte hon ibland. Men nej. Mors sorgsna ögon. Mamma måste skonas från allt tungt. Tora hade ingenstans i hela den vida världen att göra av sin "smutsiga" kropp.

Knarret i dörren. Fingrar som grävde. Grävde sig in i henne.

En kväll kom knarret i dörren så tvärt att hon inte fick tid att lämna sin kropp och låta tankarna löpa fritt ut genom fönstret. Tora blev tvungen att följa med, känna allt som skedde med henne.

Då började hon jämra sig och snyfta och krypa runt i sängen. Kunde inte ligga stilla och bara låta det komma till sin ände den här kvällen också. Det blev en omöjlighet så stor att hon inte rådde med sig själv.

Det förvirrade honom, det hetsade hatet i honom. Det kunde utnyttjas till att väcka åtrå, till att använda våld och makt.

Mjukt, mjukt var motståndet. Bara att sätta tummen i ögat på. Det bad om nåd, och gav nog vika.

Så rämnade det. Tora kände det någonstans utanför sig

själv, visste inte var det började eller slutade, det hängde inte samman med resten av henne. Ändå smärtade det så.

Andetagen och blodet!

Blodet kom utan att det skulle. Det låg i mönster utöver hela lakanet, för att hon inte förmådde hålla sig på plats under honom. Hon begrep att detta var den fula verkligheten som inte fanns i några böcker hon hade läst.

Gud välsigne honom om han ville gå nu! Hon fick loss händerna och slog! Hon tiggde och bad. Hjälpte det? Gud välsigne honom om det hjälpte! Han gick.

Lättnaden var så väldig att hon tappade andan. Blev liggande som ett nystan och flämtade när hon äntligen fick den tillbaka. Hon hängde över sängkanten och var delad itu. Hon var en annan nedanför midjan.

Då kom han tillbaka. Med ett rep.

Tora trodde det inte när hon blev fastbunden vid sängen. Trodde det inte! Världen var inte så ful. Sådant skedde inte!

Då åt han sig in i henne. Blint. Som om han hade någonting att hämnas. Bara åt och åt. Höll kudden över hennes ansikte och lät sin gränslösa vilja ske. Det hade tagit lång tid att komma till målet. Nu var han där.

Allt fungerade äntligen som det skulle.

Ute på köksväggen tickade klockan i en annan värld. Härinne fanns ingen som mätte tiden.

Kvällssolen var vacker. Gul och vänlig. Den bredde sig milt över hannen i sängen. Ändlöst milt. Solen ser i nåd på – och värmer vem som helst.

Det hade omsider knarrat slut.

Natten var lång och ljus. Tusenhemmet hade sina ljud. Ibland kunde man höra gråt om natten. Men vem kunde offra en god natts sömn för att lyssna till ljuden. De angick ingen och måste finnas. Envar hade sin egen gråt och sitt eget skift.

Och under det skarpa ljuset på Dahls filéfabrik satt en mörkhårig kvinna och hade i sig ett slags ängslan för något hon inte visste namn på.

Men det fanns ingen orsak att oroa sig, inbilla sig...

Hon var bara trött, det var hela saken. Det var sent och tempot uppskruvat. Det brådskade med packningen. Fartyget var redan på väg för att hämta last. Båtarna var redan på väg med dånande maskiner för att vräka upp nya högar på borden. Hon hade händerna fulla.

Det fanns så liten plats för två flackande flickögon.

Dahl gnuggade redan händerna. Allt var sålt redan innan det blivit packat. Bara att stå på. Ackorden var mer än goda. Ingen tänkte på kattlik.

Till sist rörde sig en grå kö mot ytterdörren.

Ute var fint försommarväder och måsarna gassade sig i åkerkanterna.

Tora hade bytt lakan. Gömde det andra under sängen så länge. Hon hade tvättat sitt sönderslitna skrev i kallt vatten. Hon gjorde det i köket. Det spelade liksom ingen roll längre.

Det var som om hon tvättade någon annan. Hon funderade över om den andra kände likadant som hon.

Vänstra mungipan var uppdragen. Blottade tänderna. Emellanåt for en ryckning genom den böjda, ofärdiga kroppen.

Ett slags suck fortplantade sig i de skeva ansiktsdragen och vred munnen till ett oskönt grin.

Annars var allting stilla.

Det ska alltid komma en ny dag efteråt, för den som överlever. Det ska alltid finnas ett ansikte, för den som vågar se sig själv. Tora vågade inte. Hon var ett halvnaket människonystan i en förhatlig säng.

Hon hade ingenting att säga, ingen att vända sig till. Om någon hade berättat för henne att hon inte skulle sörja, för sådant hade hänt förr i den här världen, allting skulle läkas eftervart, ja – då skulle hon ha satt upp ett ärligt ansikte och frågat: Vad för något? Vad har hänt?

Och lakanet var ordentligt gömt.

30

Den nya kjolen hade legat hela natten på stolen vid sängen. Den hade varit vittne till allting. Mor hade klippt den så den skulle falla som vågor om höfterna. Och Tora hade varit ifrån sig av glädje. Hon hade fått en grön jumper till. Mor hade tagit av sina dyrbara skurpengar för att klä upp Tora.

Men det var som om kjolen inte angick henne. Hon skulle kräkas varje gång hon tittade på den.

Hon aktade sig noga för att titta nerefter kroppen när hon tagit på kjolen om morgonen. Hon visste att den måste på, för det var skolavslutning i dag.

Frits stod oväntat vid fiskhässjorna och hängde när hon kom förbi. Hon var sen, för modern måste stryka fållen på kjolen innan hon gick. Sol och de andra hade redan gått. Hon var tvungen att småspringa för att hinna fram i tid.

Tora bar ännu med sig lukten från den våta strykduken. Hon stannade framför Frits och försökte ställa ansiktet så att han inte skulle se...

Det var svårare med honom än med modern, för Frits tittade henne alltid rakt in i ansiktet.

Hans blick hängde fast vid henne så svetten sprang fram i armhålorna och över ryggen på Tora. Han kom ända inpå henne och grep försiktigt i kjolen. Så gjorde han tecknen för fint och log tvekande.

Det var som om någonting brast i Tora.

Han rätade på ryggen och log – sitt nakna, brydda leende. Tora var känslolös i hela underkroppen.

Det var som om benen inte förmådde bära henne längre.
Hon ville pressa sig förbi.

Han hade lyft handen för att peka på jumpern – och den snuddade vid hennes ena bröst. Tora störtade förbi honom.

Hon hörde att han använde sina strupljud efter henne. Men hon sprang. Sprang och sprang!

Gråten satt fast, den ville inte ut.

Jumpern var snart genomblöt av svett.

Först när hon stod på skolgården, stannade hon och flämtade. Hon stack in händerna under armarna och försökte förtvivlat torka bort svetten som vägrade sluta sippra fram. Men det hjälpte inte mycket. Det syntes två stora fläckar, en under vardera armen. Det luktade nejlikor och död.

Sedan, när de satt och drack choklad och åt bullarna som Gunn hade bakat till den stora dagen, frågade Gunn medan hon fyllde på i Toras kopp: – Du kom för sent, kanske du försov dej?

Tora kände som om Gunns ögon såg tvärs igenom henne, hon kunde inte hjälpa att hon började darra.

– Nä... mumlade Tora, hon mamma måste stryka fållen på kjolen för hon fick inte tid...

– Nej, det gjorde ingenting, kära dej Tora. Jag bara frågade. För du kommer ju aldrig för sent.

Inför ordet: kära, började Tora darra på allvar. Hon hann knappt ut på dass innan hon måste kissa. Det sved och smärtade hela tiden och hon vågade inte torka sig. Var rädd att blöda igen, för hon hade ingenting att hjälpa sig med. Hon tyckte med ens hon stod i Tobias sjöbod och kissade på sig. Hon hörde de grova skratten.

Det gamla dasset var kyligt och tyst i dag. Där strök ingen omkring, för alla åt bullar i det stora klassrummet. Tora satt och byggde upp sig, tanke för tanke, rörelse för rörelse.

Till sist var hon så pass att hon gick in till de andra. När hon kom ut i korridoren drog hon koftan utanpå jumpern för att dölja svettfläckarna under armarna. Det hjälpte.

31

Kvinnorna på fabriken blev permitterade frampå sommaren. Fisken försvann och Dahl gick och bet i pipskaftet. Ingrid hade tur och fick skura hos folk.

Hon klagade inte.

Henrik gick sina egna vägar. Han var arbetslös igen. Hade fått arbete på Simons brandtomt för att göra den klar att nybyggas. Men han hade tvärt rykt ihop med Simon och gått på fläcken.

Simon kom farande in på kajen hos Dahl en dag i slutet av juni. Pratade med karlarna och var nästan lika munter som förr. Han lejde folk, sa han. Till uppbyggnaden.

Han satsade stort och modernt. Flinade skevt och spådde att han nog skulle gå i konkurs, men det kunde inte hjälpas. Han var inte karl nog att bli skeppare på egen båt en gång, så då fick han bygga sig ett ställe där han kunde sitta inomhus på landbacken.

Karlarna glömde hånet och skämten, och blickarna de annars skulle ha sänt mellan sig.

De nickade så smått. Jo, de gick mestadels som löskarlar och utan förtjänst hela långa veckan. De kunde förstås räcka ut en hjälpande hand.

Det led mot sommar på allvar, men någonting skulle man ju ha att äta då också. De spottade i havet och skrevade med benen och nickade. Lugnt och eftertänksamt gjordes avtalen upp. Handslagen växlades lika bra på Dahls kaj som i Simons gamla blå kontor.

Men så snart Simon försvunnit, skyndade de hem till sitt. Hade knappt luft kvar för den stora nyheten.

De hade arbete i flera månader! ARBETE! Inte bara tiggeri och lön en dag eller två.

Han Simon var en rejäl karl! Han fick till det! Skojade rentav om att han nog skulle gå i konkurs på detta. Och hade de sett ritningarna till nya bruket? Inte? Det var grejor, det!

Nej, den Simon! Ja, var det inte det han sagt hela tiden, när skitorden om Simons vistelse på vävloftet gick som värst: Att Simon var ett geni!

Och genier hade lov att hänga läpp några veckor innan de kom igång. Ja, hade han inte rättighet till det?

– Hon mamma kommer i nästa vecka! Hon är frisk.

Sol satt nere hos Ingrid och Tora och åt sen kvällsmat efter att Ingrid kommit från skurningen.

Ingrid lutade överkroppen tungt mot bordsskivan. Hon lät orden sjunka in i sig.

Så samlade hon sig och sa: – Det var roligt att höra.

– Jag vet inte jag, sa Sol enkelt.

– Vet du inte? frågade Ingrid misstroget.

Det drog en skugga över ansiktet på den halvvuxna flickan.

– Jag skulle önska hon kunde vänta tills konfirmationen var över.

– Vad säjer du, flicka? Unnar du inte mor din att se dej som konfirmand?

– Hon är så gudlig.

Sol la oväntat huvudet i armarna och gömde ansiktet. De trodde hon grät. Men det hördes inte ett ljud. Och när hon tittade upp efter ett ögonblick, såg hon ut som vanligt.

– Jag orkar inte det där. Alla flinar åt henne.

– Hon är gudlig, men det får vi tåla. Allihopa. Hon är nu den hon är!

Ingrid sa det med rynkor mellan ögonen och en hetsig rodnad högst upp på kinderna.

Tora bara satt och såg på. Tänk att mamma kunde säga sådant! Bli arg på Elisifs vägnar, fast hon var så trött!

– Har du fått dej konfirmationskläder, förresten?

Ingrid ville byta samtalsämne.

– Nej.

Sol suckade och drog i hårtottarna som delade sig kring öronen. Det var något spritt språngande galet med Sols öron. De stod rakt ut från huvudet så man inte kunde låta bli att titta på dem.

– Men det gör ingenting. Det är inte kläderna som betyder något.

Det sista lät som om hon lärt det utantill, för att någon hade upprepat det så ofta för henne, att hon till sist trodde det var sant.

– Jag får kanske låna kjol av nån som hon Huckle-Johanna känner. Den är för stor, trodde hon, men... Den är ljusgul.

Sol suckade.

– Den är kort också, tillade hon och drog ett djupt och tröstlöst andetag.

När Torstein kom hem, gick Ingrid uppför trappen och pratade mycket och länge med honom.

Dagen därpå tog hon ledigt ett par timmar från skurningen och gick till Ottars butik med 50 kronor för att köpa klänningstyg åt Sol. Hon tog av det vita tyget som var billigast. Det var konstsilke. Riktigt vackert. Ottar drog inte fram den dyraste rullen åt henne, för hon sa ifrån med en gång att hon letade efter tyg åt Torsteins Sol.

Om kvällen var det nästan fest nere hos Tora och Ingrid. Ingrid mätte och klippte. Hon hade gjort ett mönster av smörpapper som hon passade till efter Sols breda kropp.

Sommarsolen lyste snett in genom de nytvättade gardinerna och fångade blixtar i saxens skänklar när de tuggade sig igenom det vitskimrande tyget.

Ingrid var säker och snabb.

Detta var saker hon behärskade. Hon kontrollmätte varje färdigklippt stycke på flickungen. Sol stod rakt upp och ned, med blicken på diskhanddukarna över spisen, medan Ingrid oändligt sakta vred henne runt och fick tyget att täcka kroppen på henne. Till sist gick Sol in i Toras kammare och provade hela stassen utanpå bara underkläderna. Det var säkrast, menade Ingrid.

Tora tyckte Sol liknade en ängel där hon stod med det böljande tyget runt sina frodiga höfter. Hon blev med ens så vuxen, så främmande.

Sol skulle få en dröm uppfylld: En lång, vit klänning som dessutom var sydd bara åt henne!

Hon stod med de stora, grova arbetshänderna över huvudet medan Ingrid fäste styckena i livet. Hon var nästan graciös. Liknade en dansös på en bild Tora hade sett. Hon var så alldeles olik sig att Tora måste tänka noga och grundligt innan hon orkade unna henne detta.

Långt sedan flickorna var i säng satt Ingrid vid symaskinen. Hon hade bara knappt gett sig tid att laga kvällsmat när Henrik kom.

Han hade förresten en av de bra kvällarna. Svor inte över symaskinsröran som han brukade. Han berömde henne rentav för arbetet. Ingrid kände sig överrumplad av det. Var som att ha fått en kostbar gåva.

Annars sa han just ingenting. Var som en ihopsnörd säck. Tankarna och mörkret i våld.

Han gick tidigt och la sig. Hon hörde honom vrida sig därinne i vardagsrummet. Men han småskällde inte, ropade inte på henne, som han brukade. Hon var lättad.

För hon hade satt sig i sinnet att sy den här klänningen åt Elisifs jänta. Det hade hon bestämt! Så pass goda gärningar kunde också hon kosta på sig.

Morgonen kom innan hon gjort sista tyghällan i klänningslivet färdig. Sedan hade hon bara att rynka volangerna och sätta blixtlås i sidan. Ja, och fållen nedtill förstås.

Hon hade övertalat Sol att välja en lite rymlig fason för att dölja det kraftiga livet. Och Sol hade givit med sig, trots att hon hade en tydlig dröm om hur klänningen egentligen skulle sett ut. Men hon var kvicktänkt. Hon begrep vad Ingrid försökte säga henne, utan att det direkt blev utsagt i klara ord.

I morgon kväll kunde hon göra resten, så kunde Sol själv kasta över sömmarna. Eller kanske var det bäst att låta Tora göra det. Tora var säkrare på handen.

Ingrid hade hela tiden känt en sådan glädje vid arbetet medan hon sydde. Det var som om tröttheten inte bet på henne. Var det kanske Elisifs Gud som ordnade med arbetsglädjen? Ja, om det så var Henrik, så insåg han liksom att det här måste till.

När Ingrid reste sig från symaskinen var det full morgon utanför fönstren. Hon kände av den långa skurdagen, och de sex timmarna som sypiga värkte i skuldror och rygg.

Det var som om det ena ömma stället gick över i nästa.

Hon sträckte på sig och tog den vita klänningen med bort till fönstret. Där lät hon solen flöda över det billigaste silketyget i Ottars butik. Fattigfolkstyg!

Men Ingrid höll det triumferande framför sig och sköt fram ena foten. Vred sig sakta runt och kände tyget glida kyligt och fint över benet.

Ett ögonblick såg hon sin egen spegelbild i fönsterglaset. Den vita klänningen med det böljande skörtet!

Ingrid lät allt fara. Det sjöng någonstans inom henne. Hon visste inte av sig förrän hon stod mitt på golvet i vardagsrummet.

Hon vände sig sakta framför den stora spegeln med klänningen framför sig. Stod en liten stund och bara tittade.

Så la hon klänningen på stolen vid dörren och drog av sig vardagskläderna. Plagg för plagg.

När hon stod med den vita silkesklänningen på och såg sig själv som en smäcker, vit pelare därinne i spegeln, kom tårarna.

De långa, glömda åren. Den beska rollen att vara dömd innan man steg in i rummet. Den förödmjukande rollen att aldrig ha rätten att vara en människa med stolthet.

Det kom så oväntat att hon inte förmådde hålla ljuden under kontroll.

Först när hon blev varse mannens ögon i sängen, tog hon sig samman och tystnade.

– Vad i helvete sysslar du med! väste han.

– Jag provar klänningen som Sol ska ha, fick hon fram.

– Vad står du och bräker efter, mitt i natten? Har du klippt dej med saxen?

Hon blev stående tyst.

– Och det är helvete så sent du får vitkjolen på dej, förresten. Vita brudar är ingenting för tyskar och diversejobbare!

Rösten var förvriden. Hon kände igen den.

Ingrid tog långsamt av klänningen, bar ut den i köket och hängde den på köksväggen. Så torkade hon silkedammet från matbordet och plockade undan nålar och trådändar. När hon la sig var hon alldeles tom och lugn.

32

Simon var på god väg med återuppbyggnaden. Bjälklaget stod redan under tak. Det artade sig bra. Käringarna stack näsorna ihop när de gick på inköpsrunda och förundrades över hur fort det gick. Men de arbetslösa gubbarna som hängde över disken hos Ottar eller drev i Byn och spottade sig igenom de dryga förmiddagstimmarna, de menade att satsningen var alldeles för stor. Simon skulle nog stjälpa hela lasset. De flinade så smått vid tanken.

De som lät hammaren svinga och sjunga uppe på byggnadsställningarna hade annat att fördriva tiden med. För dem var Simons nybrygga det renaste Salomos tempel, där den stod i höstblåsten och åstadkom ihåliga, ensamma tjut i vinden. Det lät som en vanskött orgel.

Brandorsaken blev inte klarlagd. Elden hade uppstått i agnrummet. Där kunde vem som helst komma och gå, glunkades det. Men Simon och Rakel hade inga sådana ovänner att det skulle bli brand av det, vad folk visste. Försäkringsbedrägeri var han inte misstänkt för, samme Simon. Han blev inte fet på det lilla beloppet han fick för själva byggnaden, och ingenting av redskapen och bohaget var försäkrat.

Oskuldsrena, godmodiga eder klingade muntert bland grova skrattsalvor och tjärluktande bjälkar.

Simon hade händerna fulla som byggherre. Kanske förlorade han inte så mycket på att mista den här säsongen som han först trott. Fisken var borta och Dahl måste permittera.

Det gick särskilt ut över filéflickorna.

Rakel vävde. Hon hade ärenden till Breiland med stora rullar mattväv försvarligt inpackade i gråpapper i Ottars butik. Därmed visste alla besked.

Hon hade nästan fördubblat sin fårflock, och hon var själv med och slog höet i år.

Det tydde på dåliga tider.

Simon hade satt Henrik i arbete för att göra Rakel tillags. Men han var ingen bra arbetskarl. Och det var flaskan mera skuld till än den onda armen, menade Simon.

När Henrik hållit sig undan i tre dagar utan att lämna något besked, tappade Simon tålamodet och stegade upp till Tusenhemmet.

Det gick inte att få många ord ur kroppen på Henrik den dagen. Men frampå eftermiddagen kom han ner till bygget och ryckte åt sig snickarförklät och hammaren med otrolig fart. Han lät den friska armen hjälpa den andra så karlarna bara stod och glodde åt hur snabbt han gjorde rent bord. Så gick han utan ett ord.

Simon våndades för Ingrids skull. För egen del gjorde han sig inga förebråelser, för det stod tre karlar och ville ha Henriks plats innan kvällen kom.

Det var någonting förkrympt på djupet över karlen, tyckte Simon. Den tunga, böjda skepnaden som bara blommade upp när flaskan stod på bordet och han fick berätta den ena skrythistorien efter den andra. Det hände att han blev sittande ensam vid något bord i sjöbodarna om lördagsnätterna. Pratade för sig själv, la ut texten och skrålade, frågade och svarade. Eller att han bara satt där och halvsov med nakna, förvridna ansiktsdrag.

Simon förundrade sig. Han hade hört ett och annat om en annan Henrik, före olyckan med axeln, före Ingrid och giftermålet. Det var inte *bara* onda ord. Och Simon visste inte ifall han skulle tro att det bara var vrånghet och illvilja att folk blev sådana. En fördärvad axel eller en brand, det var kanhända lite grand samma sak, tänkte Simon. Och han rös när han tänkte på de långa dagarna och nätterna på vävloftet, när han inte en gång hade modet att hämta sig ett rep.

Den var en som hade lyft *honom* i kragen. Ingrid var väl inte sådan att hon lyfte folk i kragen. Det var kanske mera än man kunde begära av ett fruntimmer också, kom han på.

Simon ansåg sig vara en godmodig och enkel själ. Det gjorde livet så mycket lättare. Ingenting att grubbla över. Ändå kunde han inte sluta undra över hatet i Henriks ögon. Det plågade honom ibland.

Han pratade med Rakel om det när han kom hem om kvällen. Hon satt och rensade lingon och tittade hastigt upp medan hon spanade efter skräp och blad som ville slinka med de röda bären ner i tråget hon hade på pallen vid bordet.

– Han är bara missunnsam! Kanske han begriper att hon Ingrid har orsak att tänka att hon tog fel karl, retades hon.

Simon skrattade.

– Ja, du hittar skäl till allt.

Han började rensa bär tillsammans med henne, men åt mest.

– Sluta ät! Din luns! Detta här ska till Breiland så jag kan köpa ny varp till väven.

Det flög en skugga över Simons ansikte.

– Det är inte rätt att du ska slita så för att det ska gå runt.

– Dumheter! Är det bara du som ska slita? Varför inte jag också? När vi hade goda dagar, så la jag undan i schatullet. Du visste aldrig hur mycket. Inte var du petig med sånt heller. Jag hade allt jag behövde. Nu är det tomt i krubban. Så får jag också sopa i halmen och leta efter födan. Det skulle bara...

Hon kom inte längre. Simon lindade de långa starka armarna omkring henne. Kramade henne intill sig medan munnen sökte över hela hennes ansikte.

Han drack henne som en törstig man. Ville aldrig bli otörstig. Ville aldrig få nog.

Morgonen efter låg ännu skräpet och bären utöver köksbordet. Simon steg upp tidigt och ordnade det hela, stoppade i spisen, hämtade ved, kokade kaffe och var Rakels springpojke. Han skämdes inte. Hade knappast gjort det om så hela Byn hade sett honom fara in och ut ur köket och vara dräng åt sin egen käring. Han var så glad att han måste ha något för händer.

Så bar han brickan uppför trappan och serverade Rakel kaffe och smörgås på sängen fast det var mitt i veckan.

– Jag har tänkt på det, sa Rakel med munnen full av bröd och ost. Jag ska få hit hon Tora, att arbeta med mej. Vi ska börja med grisar.

Simon var utom sig. Rakel som svinaherde! Han skrattade så det dånade.

Så fick han se hennes ansikte i den stora spegeln på kommoden och stängde hastigt munnen.

– Jag ska ringa i denna dag. Jag beställer och betalar två kultingar.

– Prat! sa hon överlägset. – Det finns ingen tid för det nu. Jag säjer till. Och jag ska ha fyra. Jag har nog pengar själv!

33

Hösten blev lika klar och kall som sommaren hade varit blöt och rå. Rönnbärsträdet utanför Tusenhemmet daskade sina röda bärklasar mot söderväggen när sydvästen kom farande, främmande och utan dimma som var den inte av denna världen.

Det verkade som om potatisen skulle arta sig bättre än fisket. Så man fick skörda på landbacken och se hur långt det räckte.

Tora hjälpte Rakel med potatisen. Hon skulle få en halv säck för varje dryg dag, sa Rakel affärsmässigt. Dessutom en bytta sättpotatis till egen odling nästa vår.

Under middagsrasten satt Tora på torvlåren i köket på Bekkejordet och läste medan Rakel la sin stela rygg på soffan och blundade så smått.

– Vad läser du för nåt? frågade Rakel och gäspade.

– "Victoria", kom det drömmande.

– "Victoria"? Vad är det för slags bok?

– Vet du inte det, du som är vuxen? frågade Tora förundrat och såg upp.

Hon slog igen boken över högra pekfingret.

Rakel log.

– Nej, det har inte blivit att jag läser så mycket – böcker och sånt.

– Det skulle du, moster, menade Tora ivrigt. – Du anar inte. Det är så sorgligt, så fint...

– Kan nånting vara både sorgligt och fint på samma gång?

Rakel kom mödosamt på benen medan hon försökte räta på ryggen med en grimas. Så linkade hon bort till köksspisen och slängde in tre skyfflar kol i det svarta gapet.

– Ja, menade Tora allvarligt. – Det är så fint. Det hjälps inte att dom tycker om varandra. Han är bara son till en mjölnare, och hon är rik. Det är som om dom andra vill att dom ska vara fiender bara för det. Det är precis som hon ma...

Tora tystnade tvärt. Två röda fläckar slog upp över kindbenen så hon inte visste sig någon råd.

Rakel tittade undrande på henne tvärs över rummet.

– Precis som mor din och far din?

– Ja, viskade Tora.

Den låga höstsolen kröp in genom fönstret och fick Rakels katt att spinnande rulla ihop sig på trasmattan. Den slickade sig lättjefullt med slutna ögon.

– Tänker du mycket på far din, Tora?

Rakel gick långsamt bort till köksfönstret och stack ett finger i var och en av blomkrukorna. Så hämtade hon en mugg vatten.

När hon inte fick svar satte hon sig på torvlåren bredvid Tora med muggen mellan händerna, frånvarande, som om hon glömt vad hon skulle göra med den.

Hon var så liten, Rakel. Satt och dinglade med benen som en flickunge på den höga låren.

– Har mor din pratat nåt mera om honom?

– Nej. Tora drog på det. Visste gott att mostern var arg på hennes mor för att hon inte ville ha något prat om fadern.

– *Han* är ju alltid där.

– Det skulle inte göra nåt. Han Henrik vet ju allt det där. Det finns ingen levande människa som fört honom bakom ljuset. Han tog mor din för han ville ha henne. Han satte förresten olyckan på henne själv. Men det gick galet...

Rakel satt och stirrade ut genom fönstret, ut över de sluttande ängarna. Det var som om hon inte pratade med Tora.

– Vad menar du? frågade Tora försiktigt.

Det kändes som regn efter lång torka, detta att en vuxen människa pratade med henne om saker hon annars bara tänkte på.

– Du vet väl om lillsystern din, som dog?

– Precis som Elisifs unge?

– Ja.

– Var är hon? Jag menar, var är graven?

– Å, hon ligger på kyrkogården. Har du inte varit där?

– Nej.

Katten reste sig och lät den långa svansen slingra runt Rakels ben. Hon lyfte upp den från golvet och smekte den frånvarande över den glänsande pälsen.

– Så går hon väl dit ensam, mor din.

En underlig tom smärta for genom Tora.

Men hon visste att det var så. Mamma hade fortfarande något som hon inte ville dela med Tora. En liten grav. Hon hade minnet av en som skulle varit Toras far, som hon aldrig pratade om. Det var som om hon ville hålla Tora utanför. Plötsligt kände hon sig alldeles ensam.

– Ibland är det hårt att vara kvinna, fortsatte Rakel sedan. – Det kan vara hårt vare sej man får ungar eller inte. Men kanske har jag sluppit mycket av det mor din haft att kämpa med, just för att jag inga har. Jag har ju bara ett slags längtan i mej. Den tar aldrig slut.

Tora vågade inte andas. Det var så underligt, så högtidligt. Tänk att moster klarade att sätta ord på det hon tänkte. Och att hon ville säga det åt en flickunge!

Och *det* – när hon inte engång kände till Victoria.

Måltiderna på Bekkejordet var annorlunda än hemma. Gladare. Moster och morbror skrattade ofta mellan tuggorna.

Tora skrattade inte så ofta med dem. Hon satt bara med öppen mun och mungiporna högt uppdragna och kände sig glad ända ner i fötterna. Det var ingen som bråkade ifall någon tölade, eller om man inte orkade äta all maten. Det fälldes inga ord om saken engång. Underligt var det.

På det viset blev det en sådan frid över måltiderna att man kunde äta en hel häst bara för att dra ut på tiden. Hon glömde nästan hur det var att höra tunga, släpande fotsteg i trappen när hon satt med mat i munnen. Glömde hur tungan kunde växa så rent orimligt därnere i svalget när *han* grep i dörrhandtaget.

Morbror sov aldrig på soffan efter middagen. Tora frågade honom varför. Då svarade han att det skulle han göra när han flyttade till ålderdomshemmet i Breiland. Så lyfte han henne högt upp i taket, stora flickungen, så hon slog huvudet i taklampan och han måste klappa henne på bägge kinderna för att hon inte skulle bli ilsken på hans klumpighet. Som om hon kunde bli arg på morbror Simon!

Tora hade känt att hon liksom stelnade till när han grep i henne. Hon skulle inte klara det, trodde hon.

Men illamåendet kom inte som hon väntat. Och Tora tänkte att det måtte vara annorlunda med morbror Simons händer... Så mindes han luvan som låg på torvlåren och for ut genom dörren med ett moln av piprök efter sig.

Potatisplockningen skulle vara i fyra hela dagar. Det hade Rakel räknat ut. De skulle inte slita ut sig, det var inget ackordsarbete, menade hon.

– Vi ska ha gott om tid både att äta och tvätta oss, och vi måste unna oss att sträcka på ryggen ibland och prata lite grann emellan.

Tredje dagen de stod i landet kom gammeljuden.

Han slog sig ner på en tom potatislåda och bjöd ut sina varor. Det var länge sedan han tagit vägen förbi Ön.

Rakel skrattade och menade att han lika gärna kunde

bespara sig omaket att öppna kofferten hos dem, för här på gården var de så smutsiga att de inte kunde peta på en usel glansbild en gång.

Den gamle magre mannen satt ändå som fastvuxen på lådan. Hans bruna rock med ofantliga slag och väldiga fickor täckte honom som ett skal. Det verkade som om någon hade placerat ett löst huvud däruppe i den tjocka vadmalen. I oväder fällde han upp rockslagen så de nådde honom gott och väl uppöver öronen och gav skydd mot det Vår Herre sände, vare sig det var regn eller snö.

Han vandrade mellan gårdarna med sin koffert. Vuxet folk kunde minnas honom från det de var ungar. Han drog efter vägarna lika visst som att våren kom. Frampå senhösten var han borta, som försvunnen i havet. Ingen visste vart.

Han var en av de sista från gammeltiden. Visste det mesta, men var inte så meddelsam att det gjorde något. Han salubjöd ingenting, satte sig bara och stannade. Var han hungrig, satt han gärna tills de skulle äta, om han då var så lyckosam att han slapp in genom farstudörren. Köpte de något, stort eller smått – gick han gärna med en gång. Så slapp de bjuda honom mat eller stol.

Alla kände gammeljudens metoder, men få kände hans namn. Han var på något underligt vis osårbar. Man kunde huta åt honom, skälla på honom. Han bara satt. Eller reste han sig och gick som om ingenting hade hänt.

En gång hade några av ungarna i storskolan tagit hans koffert och sprungit långt undan med den.

Men gammeljuden, han hette aldrig någonting annat – satte sig tålmodigt på en sten i vägkanten och väntade tills det roliga var över för plågoandarna och Gunn ropade in dem till nästa lektion.

Så gick han oändligt sakta bort till stenbrottet där de gömt kofferten, letade och fann den och gick vidare.

Tora såg honom från fönstret. Gunn satt på katedern och visste ingenting. Det var tur för de ryggarna som höll syndarna upprätta över bänklocken.

Tora hade haft en underlig känsla av att gammeljuden och hon var släkt. Hon hade inte riktigt klart för sig varför. Det var väl något med att folk tog sig rätten att hunsa och plåga gammeljuden också. Han var också av galet folk. Det luktade jude, det luktade girighet och pengar, kunde folk säga med ett flin när han gick förbi.

Det var judarna som dödade Jesus. Det sa till och med Gunn. Det var tyskarna som dödade judarna under kriget. Satte dem i läger. Gunn berättade det också.

Elisif menade att det var Guds straffdom över judefolket att Hitler tog livet av dem och jagade dem överallt. Tora blev fuktig i handflatorna över att Gud kunde vara sådan. Men hon aktade sig noga för att säga emot. Ingen sa emot Elisif. Det var tyskarna som dödade Pål Ingebriktsens son och halva Norge med. Tora hade hört många fasansfulla historier om naglar som rycktes ut och guldtänder som bröts ut ur munnen på folk.

Allt detta var det någon som måste bära skulden för.

Någon som folk kunde nå.

Tora förstod att gammeljuden och hon var sådana som inte slapp undan.

– Ni sliter och får potatisen under tak, ser jag.

Gammeljuden satt där på lådan med de klolika fingrarna utbredda över sina slitna byxben. Han drog dem fram och tillbaka, som om han ville värma sig. Rocken var uppknäppt och flög omkring honom i blåsten med tunga flaxande slag. Det såg ut som om mannen var en jättefågel som glömt bort att flyga.

– Ja, dom sysslar med detsamma på alla gårdar. Det blir

dåligt med handeln av sånt. Folk ser inte att jag fått fina broderier. Julmotiv. Jag har dukar med tomtenissar som sitter i ring. Mus och katt och grankvistar...

– Ja, kära du. Men du ser väl hurdana vi är om händerna. Jag är så lortig att jag inte kan snyta mej engång!

Rakel sände Tora en skrattlysten blick över högen med potatisblast.

Men Tora förmådde inte återgälda flinet.

Det var som om hon kröp in i den gamle mannen. Blev han. Kröp in i rocken, under hans hud. Hon känner den vanmäktiga smärtan i att blotta sig, ödmjuka sig, bönfalla. Tigga om det allra minsta. Kasta all stolthet och klamra sig vid vad eller vem det månde vara.

Och det är som om det inte längre är dagsljus. Natten kommer tvärt över henne där hon står. De röda potatisarna blir till fläckar av blod i den svarta mullen. De lyser med sina små rädda ögon. De hoppar upp och ner och vill henne något. Hon värjer sig genom att fästa blicken högt över Rakels huvud. Det känns som att sitta i en gunga med alltför vild fart.

Hon orkar inte stanna. Farten bara ökar. Runt och runt, tills yrseln och vämjelsen nästan tar överhanden. Hon hör sin röst. Hon kravlar runt i kammaren. Ber om nåd, klamrar vid sängstolpen.

Och potatisarna stirrar på henne från svarta mullen.

Det är ingen kamp. Allting är avgjort av krafter som är starkare och i sin fulla rätt.

Tyskungen! Gammeljuden!

Tora gräver i den fuktiga jorden. Gräver och gräver, tills jorden spränger sig väg under naglarna. Ända in där skinnet sitter fast. Och längre ändå. Hon känner att det spricker, måste ge vika. Något går isär. Det gör ont. Men det är bestämt. Det är alltid någon som ska flås och spikas på spjälstaketet. Lika bra att vänja sig, ta sig igenom.

NEJ! Det kommer ett slags skrik ut ur henne. Hon kan inte hjälpa det. Det hör inte hemma i potatislandet, i verkligheten, på Bekkejordet. Det är ett skamligt och hest läte. Det är ingenting man kan förstå. Likväl kommer det ut ur henne. Som ett stort trots.

Hon griper en stor potatis. Betraktar noga de små röda groparna i skalet. Så reser hon sig, springer upp som gällde det livet. Sträcker högerhanden med potatisen bakåt med armen i en bra båge. Sträcker sig ända upp på tårna, hittar balansen och samlar allt hon har av skälvande spänst.

Så låter hon potatisen flyga. Högre och högre över de svarta, uppgrävda jordfårorna.

Den smutsiga handen hänger ensam kvar. Den har ännu en smula av den darrande kraften i behåll. Sedan är det över.

De två vuxna stirrar förbryllat efter potatisen som försvinner någonstans bakom fähustaket. Så vrider de samtidigt på huvudet och tittar på Tora.

Rodnaden sprider sig het över Toras ansikte och hals. Hon har kastat en stor god matpotatis långt ut i småskogen!

Hon lägger sig ödmjukt på alla fyra igen och plockar som gällde det livet. Därför ser hon inte uttrycket i Rakels ansikte. Det skiftar från förvånat tvivel till beundran innan det till sist spricker ut i ett bländande leende.

– Du Tora! Vad du kan kasta! Jag har inte sett på maken! Du är precis som jag var när jag växte upp. Jag måste också springa och hoppa och kasta. Herregud, vad länge sen! Nej, nu tar vi rast. Vi går in och tvättar lorten av oss. Och så gräddar vi oss våfflor. – Vill du ha våfflor?

Hon vände sig till mannen på potatislådan.

– Han säjer tack, och tack! Den gamle mannen kom fort på benen. Stod rentav och trippade med ett gott grepp om sin koffert.

223

Och Tora springer för att tömma de fulla byttorna. Det dunsar och sprätter nere i lådan när hon häller i potatisarna.

Jorden rinner av och blottar de små röda ögonen. De stirrar på henne. Det är hundratals av dem. Tora täcker lådan med en säck och går fort mot huset.

Så underligt att moster bjuder in gammeljuden. Det är det nästan ingen som gör. Kan moster gissa att Tora känner sig släkt med honom? Nej, hon slår bort tanken.

Men hon borde inte gjort det där med potatisen. Nu låg den bakom fähuset någonstans och var till ingen nytta alls i världen.

Rakel nästan tvingade mannen att dra av sig rocken och skorna. Så satte hon fram ett tvättfat med vatten åt honom.

– Tvätta händerna! sa hon myndigt.

Tora tittade på gammeljuden. Skammen gjorde hans ansikte tomt att se på, för han hade mycket smutsiga händer.

Tora gömde sina egna jordiga händer på ryggen tills det blev hennes tur.

Gammeljuden bredde ut de bildrika dukarna och brickorna över köksbordet. Rakel gick runt och vände och vred på alla sakerna, höll upp dem framför sig och frågade Tora till råds. Ibland for hon bort till spisen och hällde mera smet i järnet. Det fräste och doftade och la sig som en god glömska över det som skett ute i potatislandet.

– Har vi tid med broderier, tycker du, Tora? frågade hon eftertänksamt och höjde ena ögonbrynet. Hon lyfte en finhandduk och granskade den noggrant.

Motivet var en stuga, björkskog och massvis av blommor. Tora nickade med munnen full av våffla. Hon drack kaffe till, hon också. Hon betraktade färgerna som Rakel höll upp intill motivet för att avgöra vad som passade bäst.

Mannen log bara med ögonen. Ett tätt nät av rynkor

snörde ihop sig kring ögonen och avslöjade honom. Men munnen var uttryckslös. Han åt långsamt och grundligt utan att sörpla kaffe från fatet som gammalt folk hade för vana, vad Tora sett. Allt han gjorde var nästan ljudlöst.

Det var som om han var rädd att någon skulle lägga märke till att han fanns. Ibland glömde han sig och torkade sig över mustaschen med handloven. För att i nästa ögonblick minnas att han satt i köket hos bättre folk. Då drog han förläget fram en inte alldeles ren näsduk ur den djupa fickan. Med en värdig gest och torkade sig sakta just där han nyss använt handen.

Detta var en helt annan gammeljude än den Tora sett släpa sin koffert omkring i Byn med en svans av ungar efter sig och rocken flaxande i vinden.

Det här var liksom – en människa.

Kakfatet var tomt. Tora begrep inte hur någon kunde äta så långsamt närhelst man tittade på honom, men samtidigt så mycket på så kort tid.

Köpet av köksdukarna avgjordes i bästa samförstånd, och gammeljuden fick bråttom att komma sig iväg. Det var så mycket han skulle hinna. Han försökte inte sälja någonting annat till Rakel, dröjde bara lite med att stänga locket på kofferten. Lyfte bara hastigt på klänningstygerna och banden och lät de krokiga fingrarna frånvarande glida över en bunt bred spets.

När han gått hängde ännu en konstig, kryddad lukt kvar efter honom.

Tora skulle brodera duken till bänken. Rakel sa att potatisen fick vara för resten av dagen. Här skulle broderas. Och de tände den stora lampan över köksbordet och gav sig i kast med färgerna.

Först fick Tora inte riktigt fingrarna med sig. Potatisplockningen hade gjort fingerlederna styva och rådlösa. Rakel hanterade nålen med stor färdighet och visade Tora till

225

rätta med de svåraste stygnen, så att hon kunde ta med si[
arbetet hem. Hon skulle få 30 kronor för duken när den va[
färdig. Det var otroligt mycket och nästan skamligt att t[
emot. Men Rakel fnös och sa att i gengäld måste det b[
ordentligt gjort på avigan, annars skulle hon få sprätta up[
vart endaste stygn. Och nu måste hon låna en ficklampa oc[
komma sig hem innan de blev oroliga för henne: I morgo[
klockan åtta var det potatisen!

Tora stod och tölade med ytterkläderna på. Fick liksom in[
den lilla bänkduken tillrätta i det stora gråpapperet. De[
gled ut hela tiden. Till sist slog Rakel segelgarn omkring oc[
räckte henne paketet med ett leende.

— Den som kunde sova över här?

Orden kom ut ur munnen på Tora utan att hon visste a[
hon tänkt dem. Rakel tittade förvånat på henne.

— Är du mörkrädd, stora flickan?

— Nej, inte precis det...

— Du kan sova här i morgon, avgjorde hon och ryckt[
Tora i ena flätan. — Det passar bra för han Simon ska ti[
Bodø. Fråga mor din om du får lov, vad?

— Ja!

När Tora travade den mörka grusvägen hemåt, kände ho[
morgondagen som en mjuk, varm djurunge i famnen.

Hon sköt kvällen och natten ifrån sig och lät skenet frå[
ficklampan svepa muntert över dikeskanterna och ängarn[
Det var som att hon inte behövde den för att se. Trots a[
himlen var mörk och småskogen stod tät omkring med d[
förvridna grenarna utsträckta efter henne.

34

Hon såg det med en gång när hon kom uppför trappan, trots att gången låg i halvmörker för att glödlampan på deras avsats var trasig.

Moderns skor och kappa var borta! *Hans* skor och jacka låg i ett bylte under kroken.

Tora tvekade vid dörrklinkan. Det var som om hon inte orkade trycka ner den i kväll. Det kom skrapande läten inifrån.

Hon vände om och hittade ledstången med den fria handen. Ficklampan och gråpapperspaketet tryckte hon tätt intill kroppen med den andra. Som en tjuv på flykt.

Hon stängde ytterdörren så varsamt hon kunde, ändå gnisslade den lite grand. Så var hon ute i den skarpa luften igen och lät sig döljas av mörkret.

I kväll skulle hon inte igenom det!

En böjd liten skepnad med ett paket under armen. Undvek vägen. Hittade stigen uppefter ljungmoarna och över myrarna. Snåren där orrarna bodde stod som förskrämda vålnader i hennes väg.

En gång satte hon sig andfådd på en sten och kände sig räddad. Hon var Tora. Hon var på väg – bort.

Stenbrottet! Dit skulle hon gå. Så kunde hon sitta i lä för vinden. Det måtte vara sent. Ingen fick se henne ute nu. För då skulle mamma få veta det och skämmas när folk skulle säga att Ingrid inte kunde hålla reda på endaste ungen sin som sprang ute i svarta natten. Och folk skulle undra. Tora hade lärt sig att aldrig ge folk orsak att undra.

För de lät ohyggliga och anklagande sanningar växa fram ur sin undran. Ju mera de undrade, desto hemskare blev sanningarna.

När hon kommit nästan ända fram till kärrvägen som ledde upp mot stenbrottet, kom tvärt två varelser till synes uppe i backen. De dök liksom upp ur ingenstans. Hon tyckte sig inte känna igen dem.

Hon kröp ihop nere i diket och kände dikesvattnet sippra in över stövelskaften. Kallt och nådlöst slöt det sig om benen och anklarna och slutligen tårna. Likväl satt hon kvar ända tills karlarna hunnit ett gott stycke förbi. Det var som om stenbrottet inte var tryggt längre. Hon stod rådvill och visste inte vart hon skulle ta vägen. Den som hade ett bodloft nu!

Då kom hon på att det nya bruket var under tak och hade väggar med många skyddade vrår. Hon kunde nog hitta ett gömställe där. Bara så hon kunde sitta en stund tills hon var säker på att mor var färdig på arbetet. Hon kunde möta henne utanför hos Dahl. Kunde svälja att mor skulle gräla för att hon var ute i mörkret den här tiden på kvällen. Ja!

Hon smet över vägen och hittade fram till strandkanten så hon osedd kunde gå ner till Byn. Det sörplade kallt och ödsligt i de korta stövlarna.

Hon skulle ha lagt ifrån sig broderiet i gången hemma, så hade hon haft bägge händerna fria och kunnat värma dem i fickorna. Nu fick hon värma en åt gången. Det förslog inte långt.

Vinden var frisk. Flätorna stod som pinnar bakom henne i mörkret, och det var omöjligt att hålla ihop jackan framtill. Kylan smög sig upp efter benen och låren och hon ångrade bittert att hon inte behållit "potatisbyxorna" på när hon gick hem. Kjolen var kort och strumporna tunna. Dessutom var det något fel på ena stroppen, så hon måste stanna och fästa strumpan ideligen.

En gång såg hon sig inte för, utan stod på huvudet bland stenarna. Hon kände en vass sten äta sig genom strumpknä-et och in i skinnet. Hon satte sig upp och lät fingrarna treva över det sönderslagna stället. Det klibbade varmt mot fingrarna. Blod. Strumpan var fördärvad. Hon hade tappat paketet och ficklampan. Men hon hade gott om tid att leta, tänkte aldrig på att hon inte skulle hitta dem igen. Det var så underligt avlägset alltsamman. Det var som om hon skulle krypa bland strandstenarna hela livet.

Det blänkte vitt i vågorna när de sköljde över klipporna. Efteråt kom lätet av vattnet som forsade tillbaka ut i havet igen. Taktfast, kom och gick. Tora blev sittande utan att röra sig tills hon inte längre kände sina fötter. Hon hade klämt in händerna mellan benen, så med dem gick det någorlunda.

När hon till sist vred på huvudet, såg hon ljusen från Byn. Det var som om hon vaknade av det. Kom sig darrande på benen och famlade tills hon hittade ficklampan och paketet.

Hon tände inte lampan. Mörkret var bra. Lämnade inga spår efter sig. Mörkret hade alltid ett gömställe för en flick-kropp. Men då fick det inte vara väggar omkring. Måste vara som här: gränslöst. Likväl kom ett slags ensam mörkrädsla över henne. Var som att röra sig i en död värld. Hon var den enda. Ensam med sig själv. Hon glömde med vilja varför hon gick här. Hon hade ingen orsak. Det var bara ett sätt att finnas till. Vandra mellan kalla, döda stenar i en värld där bara vinden, havet och hon var levande.

Hon smög mellan byggnadsställningarna, sökte sig in i de

mörkaste hörnen i skuggan från det väldiga bygget. Det var mycket mera skrämmande nu när hon var där. Till sist hittade hon en stege som ledde upp till arbetsställningen. Hon tog sig upp, steg för steg, och sjönk ihop med ryggen tryggt mot väggen.

Det skrek ensamt och klagande i de osmorda taljorna för minsta rörelse hon gjorde. Det värkte inte så värst i såret på knäet. Det var ingenting märkvärdigt.

Hon drog kjolen omkring sig så gott hon förmådde och försökte få jackärmarna att räcka nedanför handlederna, drog av sig de våta stövlarna och hällde ut vattnet. Hon svävade högt över jorden!

Sakta började hon känna fötterna. Rörde undrande på tårna. Konstigt att känna sina egna tår så smärtsamt nära. Stövlarna och paketet kilade hon fast i springorna mellan planken så hon inte skulle tappa bort dem i mörkret. Hon kände svindel ett ögonblick när det gick upp för henne hur högt hon måste vara. Säkert lika högt som bodloftet hade varit.

Hon uppfann en lek som gick ut på att bara hon höll reda på stövlarna så skulle allting bli bra.

En gång tänkte hon på gammeljuden. Det var som om hon kände hur han frös, inom sig.

Klockan måtte vara mycket. Men sova fick hon inte. Inte för att hon var rädd att falla ner men för att ingen fick hitta henne häruppe när dagsljuset kom. Hon tryckte ryggen än hårdare mot väggen och drog upp bägge strumporna. Det hjälpte. Visst gjorde det!

Hon lutade huvudet bakåt och kände det grova, ohyvlade trävirket skrapa mot hårbottnen.

Om *han* försvann, tänkte hon. Då skulle allting förändras.

Han! Om han dog, eller bara reste bort? Ja. Hon satt och lät tanken få övertaget. Och hon blev varse att den smakade salt och slemmigt och var svår att svälja bort.

– Käre Gud! Tror du inte du kan undvara han Henrik här på jorden? bad hon lågt. Det var knappt hon kunde höra sina egna ord och hon tvang sig att nämna honom vid namn så det kanske skulle komma mera kraft i bönen.

När hon upprepat orden några gånger, såg hon för sig moster Rakel. Kände lukten av mosterns våfflor och bröd. Tora förgyllde den sura, grå natten med tanken på allt det bästa hon kunde komma på.

Till sist tyckte hon att hon låg i den lilla vindskupan på Bekkejordet i den vita sängen. Där stod glasskåpet med den urgamla servisen efter mormor! Samtidigt var hon där hon var, och såg att en fin röd färg la sig över himlen just där Fyrholmen skymtade mot storhavet. Det var nästan som ett mirakel. Gammeljuden kom bärande med hela famnen full av potatis och klagade att glansbilden han skulle sälja hade farit upp i himlen.

Och de broderade dukarna hängde på den rostiga piskställningen på gården vid Tusenhemmet och var lika smutsiga som potatiskläderna Tora haft på sig.

Tora steg till väders som en ballong.

Högre och högre. Det blev så lätt att andas! Men potatisblasten växte så fort och tätt och for efter henne.

Hon var med ens en potatis som hon själv hade kastat. Hon kände styrkan av sitt eget kast. Det bar så fint. Hon svävade så lätt och med stor fart. Högt över molnen bar det. Över husen och människorna där nere. Ingen kunde nå henne. Ingen!

Då fick hon tvärt se att *han* stod i grinden därhemma, med dörren till kammaren platt i armarna.

Hon började falla. Föll och föll. Försökte styra undan från grinden och dörren, men han kom närmre och närmre. Dörren var med ens så nära att hon kunde se att den var nött runt klinkan och uppskrapad på mittersta dörrspegeln. Han var utan ansikte. Då förstod hon att ingenting hade förändrats. Han hade bara de äckliga orden han brukade stöta fram. Och de hårda fingrarna. Det fanns ingen väg förbi!

Ett ögonblick såg hon att Frits stod gömd bakom grindstolpen och ville berätta någonting för henne. Men hon kunde inte tyda tecknen han använde. Han höll upp armarna och la fingrarna i många olika mönster. Men hon förmådde inte begripa någonting av det. Så blev han borta. Dörren var så nära, så nära. Hon såg det grova, mörka hårfästet på mannen.

Kunde känna den fräna lukten av farligheten och stålsatte sig.

Hon satte sig upp med ett ryck, så det kändes som om den styva nacken skulle knäckas. Det var lukten!

Det var ljust. Gode Fader, då hade hon somnat ändå!

Sinnena arbetade sig ut ur sömnen med hennes kropp motvilligt efter sig. Då såg hon det: Det brann under byggnadsställningen! Nej, under kajplankorna. Det luktade redan fränt av rök och tjära. Det fräste några gånger innan det på allvar började brinna i de nystrukna stockarna som bar bryggloftet.

Tora var på väg nerför stegen, innan hon riktigt visste hur det gick till. Fort och smidigt, ikapp med rädslan som gjorde det svårt att andas.

Hon kunde inte säkert veta om det var i drömmen, eller om det verkligen var hon som klättrade här. Men när hon kände kajplankorna under strumpfötterna och mindes stövlarna som stod kvar däruppe, tvivlade hon inte mera.

Tora stod villrådig. Vem fanns närmast till för att hjälpa? För morbroderns nya brygga måste räddas! Hon tog några snabba steg mot trappan där småbåtarna brukade ligga förtöjda, för att se hur illa det var.

Då såg hon honom!

Mannen på stockarna därnere!

Hon skulle ha känt igen den gestalten var som helst!

Dörren! Hon hade fallit ner på dörren, trots allt.

Så var det ingen dröm, som hon först hade trott.

Hon ville det inte, ändå drogs hon mot trapphålet. Han kom emot henne med böjt huvud, bärande på en kanna. Det sprakade och knäppte därnere. Elden kom efter mannen, som om den hade någonting att hämnas. Spred sig allt hastigare. När *han* kom till foten av trappan, vände han ansiktet uppåt. Ansiktet var vitt mot den flackande, röda bakgrunden. Lågorna levde och vred sig bakom honom. Tora stod på kanten av verkligheten. Kanten av mardrömmen. Stod där i våta strumplästen och hade glömt stövlarna högt däruppe under himlen. Hon hade rymt förgäves.

Då kom skriket.

Det skallade genom eldens knastrande ljud och havets läten, kändes som en smärta där det flög ut ur henne. Tvärs igenom skar det. Genom rädslan och allt.

Mannen därnere stod ett ögonblick och vacklade. Han hade inte hunnit sätta foten på det första trappsteget.

Tora såg till sin häpnad att han fick ansikte. Ett jagat och skrämt ansikte! Rädslan ristad i vartenda drag.

Och skriket kom på nytt farande ut ur henne. Nu bar det så mycket längre för nu var hon klar över att hon skrek. Han vacklade än en gång, så föll han. Tungt och med flaxande armar. Stötte kroppen mot en stock. Det lät som när kolbilen tippade av säckarna mot cementtrappan hemma. Mjukt och hårt på samma gång.

Så kom plasket. Men det drunknade snabbt i knastret från den väldiga elden och de rytmiska vågslagen mot kajstolparna. Oljekannan flöt inåt mot stenarna och blev liggande och dunkade i vinden. Som om den ville berätta för hela världen var den fanns.

Elden lyste och glimmade därnere i det mörka, oroliga vattnet. Fick ett slags liv. Åt sig uppefter och slickade sig runt det torra, nya byggnadsvirket. Spred sig som en ofantlig solfjäder. – Det värmer, tänkte hon förvånat. Det var som en vän. Lyste åt henne.

Hans hand var guldfärgad när den kom upp ett ögonblick. Så kom huvudet också. Luvan låg och flöt ända borta vid Simons småbåt.

I dagsljus hade båten blå reling, mindes Tora. Hela hamnen var guldfärgad nu. Och luvan låg och flöt alldeles ensam därborta. Kanhända kände den sig lite glad. Som hon. För han kunde visst inte rädda sig.

Glad!

Hade han varit där luvan fanns, så kunde han nått relingen på båten. Men han var inte där! Han var för långt undan. Och allting brann. Han skulle drunkna och brinna upp. Drunkna och brinna upp. I all evighet. Amen!

– Kom med båten, för helv…!

Ropet kvävdes när mannen tog in vatten och blev borta igen. Det flimrade rött framför ögonen på Tora. Det kändes som om ett lock trycktes upp med stor kraft. Det susade så underligt, som om hon inte var sig själv riktigt. Hon stod vid sidan av allting. För varje gång mannen försvann under vattnet, blev hon lite mera fri. Till sist orkade hon inte

längre hålla det kvar inom sig. Det blev för stort. Snyftning-
en kom som en förvarning till ett bubblande skratt. Det stod
rakt ur munnen på henne utan att hon visste det. Så kom
skälvan.

Den högra mungipan drogs neråt och blottade tänderna.
Munnen stod som ett darrande, oskönt grin i det vita ansik-
tet. Skrattet lät sig inte hejdas.

Hon kunde inte nå honom. Hon *skulle* inte nå honom. Det
var bestämt. Till sist lät det ingenting ur mannen när han
kom upp.

Snart skulle han sjunka för gott ner i tången djupt därne-
re. Maneterna och krabborna skulle kräla över honom, skul-
le förtära hans stora kropp, stycke för stycke. Skulle binda
honom till händer och fötter och släpa honom ner i skam-
men. Skulle äga honom och kasta honom ifrån sig. Men
komma tillbaka. Alltid! Kläderna skulle ruttna så han till
sist inte hade någonting att skyla sig med, annat än det
kalla, brusande havet.

Tora skulle aldrig bada i havet mera!

Han skulle öppna munnen hela tiden och ropa och tigga
om nåd därnere. Men det skulle aldrig hjälpa. Stjärnorna
skulle ingenting se eller höra. Alla hade nog med sitt. I
kammaren skulle det vara så tyst.

Till sist skulle tidvattnet vagga och bära honom ut på
djupet där ingenting lämnade några spår efter sig. Och där
fanns strömmar också.

– Å Gud!

Jublet stod rakt ur munnen som ett tjut.

Det knastrade från det väldiga bålet.

Elden började klättra upp mot kajen. Slickade mellan
plankorna med många villiga tungor. Det stod ett fint gylle-
ne sken omkring, förnam hon. Hon hade aldrig sett någon-
ting så vackert. Det var som att vistas inne i solskenet. Det

luktade tjära och sommar. Men det här var ändå bättre, det rörde sig. Det dansade!

Så mindes hon att det var morbror Simons nya brygga som brann. Hon såg gränsen mellan dröm och verklighet. Och det kändes som om någon slog henne över ansiktet. Var det meningen att hon skulle vara så ful för att uthärda verkligheten? Nej! Hon upptäckte att hon stod i småbåten. Arbetade snabbt med döda händer. Lossade trossknopen. Det var som om hon aldrig gjort annat. Sköt ifrån med åran. Snabbt. Det var det!

Hon höll honom gott över vattnet när de kom. I håret. Han flöt märkvärdigt lätt, på rygg. Ansiktet vänt uppåt. Hon hade klarat det så lätt som ingenting. Fastän hon kände att han hade ett slags kraft i sig, som ville välta över honom på mage och köra ansiktet ner i vattnet. Men hon vred honom runt. Hon grep tag i den iskalla hakan och höll fast. Ögonen var vidöppna. Likväl såg de ingenting. Det var hon alldeles säker på. De liknade ögonen på en fisk man snabbt halar ombord och skär skallen av. Men det fanns en skillnad. Hans kropp var slö och stilla.

Luvan flöt ännu av sig själv därborta. Den hade kommit ända bort till småbåten som han Peder Larsa hade.

Sorglöst hävde den sig lite i sjön och la sig i kurs med vinden. Som om den funderade på att fly. Men den hade blivit alltför våt och tung när det kom till kritan.

Metallblanka röster. Kommandoord. Som stålsmidda i den mulna grå morgonen. De kom från alla håll. Genom röken.

Hela kajen var dold i vålmande rök. Men tjärlukten försökte än starkare att skänka ett försonande drag åt förstörelsen. Rullarna med takpapp fräste och brann. Det var som om elden tagit på sig ett orimligt ackordsarbete. Den rasade i blindo och slukade allt i vilt vanvett.

Det gungade i båten. Tora kände någon andas tungt mot

ansiktet och en stor varm kropp tätt intill sig. Stora nävar tog över där hon hållit fast. Ett hjärta bultade. Var det morbror Simons hjärta eller hennes eget?

Den döda kroppen vältrades över relingen som en väldig bläckfisk. Det var som om det bara fanns brosk och skinn inne i klädbyltet. Och hårtestarna! Först när de var borta kände Tora dem mot händerna. Som ruttna fiskegarn – bortglömda i strandkanten, skräpigt drivande för väder och vind.

Simon på Bekkejordet lät de andra ta sig an släckningen och Henriks livlösa kropp. Han bar flickungen upp till Tobias sjöbod, där hon kunde vara trygg.

– Oljekannan ligger under kajen efter honom, sa hon med stadig röst.

Han förstod alltsamman i ett ögonblick av häpnad och frågade inte om någonting. Men han höll henne tätt, tätt intill sitt vilda hjärta. Och det rann salt från dem bägge.

Så vrängde han av sig jackan och virade den omkring henne innan han vände henne ryggen och hämtade en tunna.

När två av karlarna kom med Henrik Tostes kropp mellan sig, hade Simon redan lyft dörren till Tobias sjöbod av gångjärnen och lagt den på tunnan. De placerade kroppen på dörren och Simon körde näven ett stycke ner i halsen på Henrik.

Tora satt ihopkrupen på en fisklåda och funderade på hur ett hjärta orkade slå så fruktansvärt. Hon kände det ända upp i öronen. Var som en maskin. När de tippade honom bakåt på dörren, såg hon hans ansikte. Plötsligt växte det framför ögonen på henne och kom farande emot henne. Slet sig loss från den döda kroppen och kom!

– Käre Gud, jag stod i bara strumplästen, ska du minnas. Jag kunde inte göra det fortare! Inte sant?

Hon kände sig nära att kvävas. Men med ens var det som om hon var däruppe och på väg ner mot dörren igen. Dörren hade han under sig nu, men det gjorde detsamma. Hon hade trott sig räddad, och nu föll hon, och ingenting blev som hon trott. Ingenting blev som man trodde, för allting var redan bestämt innan. Han kunde nå henne även om han var död!

Visst. Så var det. Hon skulle aldrig komma undan.

Hon gjorde en rörelse med handen, ville säga något. Men ingen märkte flickungen på fisklådan. De kämpade för att få spyorna och sjövattnet ur mannen på gungbrädet.

Att inte morbror begrep att det var för sent! Han var ju död. Men de hade räddat honom från ensamheten därnere. Det fick vara nog.

Äntligen fick karlarna se att den nedsjunkna hakan rörde på sig. Henrik kräktes segt och taktfast. Simon vände honom blixtsnabbt på sidan och körde handen åter en gång ner i gapet för att få fart på processen. Karlarna stötte honom milt men bestämt i magen och hjälpte till.

Allas blickar var riktade mot det vitblå ansiktet på dörren.

Så kom det liv i ögonlocken och han sökte förvirrat fästa blicken på den som stod närmast. Det skarpa ljuset från kajlampan konkurrerade med det flackande skenet från branden. Mannen blinkade mot alltsamman och liknade en liten pojke som tvingats upp ur sömnen alltför tidigt. Lite virrig, lite retlig.

Sedan skedde någonting inne i mannen som han inte hade räknat med. Det var någonting som kämpade för hans liv utan att han visste det. Han krökte plötsligt ihop sig och gav ifrån sig ett rosslande läte innan han skrek och spydde över den gamla avskalade dörren.

Det var som om han aldrig skulle bli färdig. Han krökte och vred sig som en jättekrabba.

Tora såg alltihop. Och hon mindes att hon glömt sina stövlar uppe på byggnadsställningen. Kände liknöjt att det fick vara. Hon hade inga krafter att hämta dem.

Hon hade nått marken. Drömmen var borta. Både den goda och den dåliga.

Det klang taktfast om hinkarnas handtag. Kommandoropen hade tystnat. Allt gick som det skulle.

– Å-hej-å-hej-å-hej!

Så skar en röst genom röken. Den tillhörde ingen hon kände, kom bara farande ur ingenting:

– Han räcker, han räcker! Vrid på vattnet, för fan!

Så kom den stora befriande strålen ur kajslangen. Den väste och kastade sig över eldhavet. Röken och ångan tvingade karlarna att skyndsamt dra sig undan från kajen. Tora hostade utan att veta det.

Hon såg hinkarna gå från den ena näven till den andra därnere. Ryggarna krökte sig i takt med ropen. Ibland slog hinkarna i kajkanten så han som skulle ta emot fick hela skopan i synen. Men det kom inga fler eder. För allting gick som det skulle, och elden måste ge vika.

Taktfast och rungande steg mansrösterna till väders som ett enstämmigt dån. Det fanns ett slags triumf i dem. Tora hade aldrig hört någonting liknande.

– Å-hej-å-hej-å-hej!

Och högt över karlarna och vattenhinkarna stod den vilda strålen ur kajslangen och spolade över hela världen.

Det blänkte till av blixtsnabba regnbågar därinne i vattenstrålen. Men eftervart som elden tvingades ge vika försvann färgerna i röken. Himlen och havet hade flutit samman därute. Det fanns inga gränser mera.

Det blev morgon. Vinden stod i Guds namn från land den här gången också, sa folk.

35

Dagen låg som en liksvepning över myrarna när Näs-Eldar styrde Dahls lastbil uppåt Byn med Henrik Tostes genomblöta lekamen inrullad i en presenning på flaket.

Tora hade lyfts ombord, hon också, för sätet vid sidan av chauffören var gammalt och kaputt. Så hade de allt vad Ingrid tillhörde på ett enda bräde.

Hade någon begripit sig på en unges själsliv så hade de kunnat skriva grova skillingtryck eller öm poesi om livets brutala dubbelhet. Men det fanns ingen som kom på någonting sådant.

Toras händer var hårt knutna om knäna. Hon stirrade på vägen bakom dem och for baklänges in i den nya dagen.

Hon hade kommit med en liten kraftlös protest mot att bli upplyft på flaket tillsammans med honom, men ingen tog någon notis om det. Flickungen hade pratat om ett par stövlar.

– Ni har'nte nåra stövlar, varken du eller han, inte har ni bruk för nåra heller, svarade en eller annan otåligt. Så var det avgjort.

Om hon sneglade aldrig så lite åt sidan, såg hon *hans* ben som stack ut ur presenningen. Därför måste hon låsa blicken vid grusvägen. Det var inte alltid så enkelt när det krängde som värst.

Ingrid hade fått besked. Hon stod på trappan när de kom. Hon höll armarna i kors över bröstet och drog med bägge händer ihop öppningen på koftan. Tora tyckte det verkade som om någon hade stuckit ut ögonen på modern.

Så var det bara klockan, mamma och hon.

De hade fått honom i säng, gnuggat liv i honom och fått i honom en rejäl klunk för hälsan. Det sista bjöd inte på nämnvärt bekymmer.

Ingrid gick runt med utbrända ögon och bjöd Näs-Eldar kaffe och smörgås. Men han hade inte tid. Det var så. Hon nickade bara stumt, men glömde inte att tacka för skjutsen genom att gripa hårt tag i hans stora näve.

Ingrid visste att det inte lönade sig att glömma vad man hade att tacka folk för. Gubben såg åt sidan ett ögonblick, sedan öppnade han dörren och var ute i gången. Hans fotsteg gav ett ihåligt eko genom det sovande huset.

Tora kunde omöjligt nå Ingrids blick. Det låg så många osagda ord emellan. Så många frågor som den vuxna inte förmådde ställa. Inte nu. Kanske senare. Kanske redan i morgon. Ingrid torkade sina fuktiga händer mot förklädet och strök lite av det mörka håret bak öronen.

– Ät Tora! Så du kommer dej i säng!

Rösten var främmande. Det var som om Tora aldrig hört modern tala förut. Men hon orkade inte känna någonting inför det. Hon tog istället tre tuggor av smörgåsen för att göra henne tillags. Men hon insåg snabbt att det var onödig möda, för moderns blick var vänd inåt och hade ingen plats för henne.

Ängeln ovanför sängen såg ut som om den mest hade lust att flyga ut genom fönstret och slå följe med måsarna. Gardinerna var inte fördragna. Vinden hade sopat bort dimman och himlen låg märkvärdigt ny och skimrande ända ner i det mörkblå havet.

Det stävade ett lastfartyg därute.

241

Det var så underligt att allting bara fortsatte. Ingenting var slut.

Tora klädde av sig i det grå ljuset. Tröjärmarna var våta långt uppöver armbågarna. Modern hade inte lagt märke till den fördärvade strumpan. Hon stod villrådig ett ögonblick när hon såg att såret på knäet började blöda igen när hon drog av strumpan. Hon kunde inte lägga sig mellan lakanen med ett sådant knä.

Hon hittade en näsduk i kommoden och försökte få den att räcka runt benet. Det blev alltför hårt när hon knöt till. Ett ögonblick var det som om världen skulle gå under för att hon inte fick tygstycket att passa. Det kändes som om det var sand innanför ögonlocken.

Ängeln ovanför sängen såg fortfarande ut som om den ville rymma sin kos. Så rasade det ett klippskred ur Tora. Vassa kanter slet sig loss. Hon hade vilda krafter i sig som slet för att komma lösa. Hon ryckte en ren strumpa ur lådan och rullade upp den över det blodiga knäet. Det hjälpte lite grand, men inte nog.

Hon klättrade upp i sängen och hämtade ner ängeln från väggen, öppnade fönstret och kastade ut den. Den flög tvärs över den igenväxta trädgården och förbi de stora rönnbärsträden på andra sidan stengärdet. Det blänkte muntert i glaset när den var som allra högst. Det kändes som om någonting slitits av i högra axeln för att hon tagit i så våldsamt. Ännu satt en molande, argsint kraft i henne som hon höll kvar med sammanbitna tänder.

När hon låg i sängen såg hon att det fanns en mörk fyrkant kvar efter tavlan. Ingenting skulle kunna utplånas. Ingen skulle kunna fly sin väg utan att det satt märken kvar efter dem. Så var det.

Då plötsligt, medan hon höll händerna över gåshuden på

armarna som ännu var fuktiga av havsvatten, kom värmen från morbror Simons kropp in i henne. Hon kände tjärlukt och rök underligt nära, som om hon ännu skulle stått i småbåten.

Morbror Simons hjärta! Bultade alldeles intill hennes. Han var så varm, morbror Simon!

– Stackars lilla flickan min!

Var det så han hade sagt? Rösten kom liksom inifrån bröstet på honom. Orden hade gungat och darrat från hans varma kropp till hennes.

Underligt.

Tora stirrade på den mörka fyrkanten efter tavlan tills solen bröt igenom och strök med varliga fingrar över de omålade panelväggarna. Kvistarna kom tydligt fram. Kom liksom ut ur väggen och var levande. Hon kunde ha diktat sig någonting i det landskapet så det hade blivit en bra dag, men hon orkade liksom inte hålla reda på sina egna tankar. Det var som ett gammalt övergivet skatbo. Ingen reda på någonting. Torra kvistar stack ut överallt utan någon mening. Men rakt genom alltsamman kände hon bultandet från morbror Simons hjärta.

De hämtade honom inte förrän frampå dagen. Länsmannen hade en karl med sig.

Det var ingen särskild uppståndelse. Men det hördes att det var Henrik det gällde.

Fönster, dörrar och trappavsatser hade öron och ögon.

Krafter hade föresatt sig att rycka i den tråden som stack ut, tills hela stickningen hade repats upp, även om det led mot vintern. Likväl ville man helst ha det lite grand på avstånd. Det var tryggast att stå bakom någonting handfast och bara iaktta alltihop. För ett var säkert: Ingrid skulle frysa en tid framöver. Man måste ju ha lov att viska i all

243

förtrolighet och undra lite över hur hon skulle klara det.

Men det var så. Folk som hon, som en gång hade begått en stor synd, kunde inte vänta sig att känna trygghet i sina öden.

Tora steg upp och drog på den andra strumpan, kjolen och blusen från i går. Kände plaggen omsluta kroppen på ett stramt och fint vis. Det var som om hon aldrig känt efter ordentligt hur det var att ha kläder på kroppen förrän nu.

Hon visste att ingen potatis skulle plockas på Bekkejordet i dag. Hon kunde heller inte fråga om lov att sova däruppe i natt. Men det betydde ingenting längre. Var så avlägset. För Tora hade hört männen. Dörrarna som slog igen och fotstegen som försvann. Hon vågade knappt tro sin egen vilda glädje.

Hon gick ut i köket och drog på ullsockorna som låg framför spisen. Modern hade plockat undan de våta, smutsiga trasorna från i natt, och lagt fram rena sockor.

Tora blev varm när hon såg det.

Ingrid stod borta vid bänken med ryggen till. Solen vällde in genom fönstret som en stor skinande överraskning.

När hon vände sig om, lät Tora ansiktet spricka i ett osäkert leende. Men hon såg att mamma försvunnit för henne.

Det gällde att inte ge upp nu, tänkte Tora. Fötterna hade sprungit av sig själva till småbåten. Det kunde ingen göra någonting åt. Han var räddad. Men mamma hade försvunnit. Nu fick hon ta det som kom. Hon hade nästan inte sagt någonting till morbrodern, ändå kom länsmannen. Det kunde inte mamma skylla henne för. Hon kunde inte! Tora ville ropa ut det mot den böjda ryggen. Men det kom inte ett ljud. Hade hon ändå sagt något till morbror Simon som modern visste om?

Ingrid hade vänt sig mot bänken igen. De smala axlarna hängde nersjunkna. Det låg en skugga över hela den kuvade varelsen.

Tora såg det. Ett ögonblick kände hon moderns smärta som om den var hennes egen.

Sedan såg hon mot kammardörren. Och det steg en trygghet inom henne som svepte undan allting annat och gjorde henne stark, stark. De hade tagit honom med sig!

Hon tog de få stegen som skulle till och ställde sig vid mors sida. Rörde lätt vid hennes blusärm och sa:

– Jag ska skura golvet i dag, mamma. Jag har ju ledigt. Dom säjer det finns mycket lingon uppi Veten i år. Ska vi ta oss en tur?

Mor stirrade ut genom fönstret ett ögonblick.

Så vände hon sig sakta mot Tora.